Vom Azubi zum ICE-Chef

# Klaus Kilian
# Vom Azubi zum ICE-Chef

Meine Jahre bei der Eisenbahn

**Danksagung**
Mein Dank geht an das Stadtarchiv der Stadt Kassel sowie das Henschel-Museum Kassel.

**Bibliografische Information der Deutschen Nationalbibliothek:**
Die Deutsche Nationalbibliothek verzeichnet diese Publikation in der Deutschen Nationalbibliografie;
detaillierte bibliografische Daten sind im Internet über
http://dnb.d-nb.de abrufbar.

© 2013 Klaus Kilian
Umschlaggestaltung: i.imagine.werbestudio Michèle Theis und David Rimbach
Satz, Herstellung und Verlag: BoD – Books on Demand
ISBN: 978-3-7322-0794-7

Eigentlich wollte ich Maurer werden und für andere Leute Häuser bauen. Doch bei der Untersuchung, die künftige Lehrlinge damals hinter sich bringen mussten, stellte mein Hausarzt fest, dass ich körperlich zu schwach und deshalb für diesen Beruf nicht geeignet war. Ich musste mir also etwas anderes einfallen lassen. Versuch es doch mal bei der Deutschen Bundesbahn!, sagte ich mir. Da ich in Kassel wohnte, schickte ich meine Bewerbungsunterlagen an die dortige Bundesbahndirektion. Nach geraumer Zeit kam die Antwort mit der Aufforderung, ich solle mich bei einem Arzt der Bahn am Kasseler Hauptbahnhof zu einer Untersuchung melden. Die dauerte gut eine Stunde. War ich nun geeignet oder nicht? Statt einer Antwort musste ich eine weitere Geduldsprobe hinnehmen, denn ich wurde mit der Auskunft nach Hause geschickt, man würde sich bei mir melden. Wieder verging einige Zeit. Endlich kam Post. Die Bahn lud mich mit meinen Eltern zu einem Einstellungsgespräch bei der Güterabfertigung am Kasseler Hauptbahnhof ein. Ich solle mich, hieß es in dem Schreiben, beim Dienststellenleiter melden. Wir vereinbarten einen Termin.

Nach diesem Gespräch kam die erlösende Nachricht: Ich kann zum 1. April 1966 anfangen! Und das war kein Aprilscherz. Als meine Eltern und ich den Ausbildungsvertrag unterschrieben hatten, war ich froh, endlich eine Lehrstelle zu haben. Meine Dienststelle war die Güterabfertigung am Bahnhof Kassel-Hauptbahnhof.

*Meine erste Dienststelle war die Güterabfertigung Kassel Hauptbahnhof, wo ich vom 1. April 1966 bis 1. Dezember 1969 tätig war.*

Am ersten Tag wurde ich dem Abteilungsleiter vorgestellt und zur Expressgut-Ausgabe geführt – das war von nun an mein Arbeitsplatz. Gemeinsam mit zwei weiteren Lehrlingen machte ich mich mit den künftigen Kollegen bekannt, schon kurz darauf wurden wir in unsere Aufgaben eingewiesen: Wir mussten Nummern, die auf den Paketen und anderen Sendungen standen, vorlesen. Diese Nummern verglichen unsere Kollegen mit den Expressgut-Karten und sortierten die Pakete in Regale, damit sie von den Kunden abgeholt werden konnten. Große und schwere Sendungen kamen auf die Rampe, von dort konnten sie mit dem Hubwagen oder dem Gabelstapler zu den am Tor wartenden Kunden gebracht werden.

Ich gab mir die größte Mühe, um nur keinen Fehler zu machen. Zu meinen Aufgaben gehörte es auch, die neuen Karten, die für die Expressgut-Ausgabe bestimmt waren, bei der Bahnsteig-Umladestelle abzuholen. Daneben war uns Lehrlinge noch eine unangenehme Aufgabe vorbehalten: Jeden Tag mussten wir in dem Schuppen, in dem das Expressgut gelagert wurde, und auf der Ladestraße für Sauberkeit sorgen. Das war manchmal nicht einfach. Denn es gab Kunden, die ihre Kartons an Ort und Stelle entsorgten. Am schlimmsten waren die Landfahrer, fliegende Händler, die öfter ihre Teppiche bei uns abholten und sie sofort auspackten. Nur selten gaben Kunden uns Lehrlingen ein Trinkgeld für das Entsorgen ihres Abfalls.

Ich bemerkte nach einiger Zeit, dass mich die älteren Kollegen gegenüber den beiden anderen Lehrlingen etwas bevorzugten. Ich war aufmerksam und wissbegierig, stellte dauernd Fragen. Mein Wissensdurst gefiel den Kollegen. Auch meine Ausbilder beobachteten mich sehr genau, und da ich offenbar einen guten Eindruck hinterließ, bekam ich bald anspruchsvollere Aufgaben – direkt vom Chef und mit der Bitte, sie persönlich auszuführen. Er wusste, dass er sich auf mich verlassen konnte. Ein solcher Auftrag war, dass ich wichtige Dienstpost zur Bundesbahndirektion in die Kölnische Straße bringen und sie dem Mitarbeiter übergeben musste, für den sie bestimmt war. Zurück auf der Dienststelle meldete ich mich sofort beim Chef. Er bedankte sich, und manchmal erlaubte er mir, dass ich sofort Feierabend machen durfte.

Nach vier Wochen Arbeit staunte ich nicht schlecht: Ich hielt mein erstes selbstverdientes Geld in der Hand.

Eines Morgens, nach dem Frühstück, bestellte mich der Abteilungsleiter zu sich. Ich müsse, ordnete er an, die Dachrinne reinigen, weil das Wasser nicht mehr ablaufe. Und wenn ich das erledigt habe, fügte er hinzu, könne ich sein Büro putzen, weil die Raumpflegerin fehle. Ich weigerte mich, diese Arbeiten auszuführen, machte auf dem Absatz kehrt und rief postwendend meinen Chef an. Ich fragte, wie ich mich verhalten soll, ob ich diese Arbeiten ausführen müsse. Nein, antwortete er, das sei nicht meine Aufgabe. Für mich war die Sache damit erledigt.

Eines Tages fragte mich mein Chef, ob ich und ein Kollege jeden zweiten Freitag Zeit hätten, um als Kegeljungen in dem Verein zu helfen, in dem er und Mitarbeiter unserer Dienststelle kegelten. Wir sagten Ja. Es war eine alte Anlage, in der wir die Kegel von Hand aufstellen mussten. Essen und Trinken war für uns Kegeljungen frei, wir bekamen ein kleines Taschengeld, und ganz nebenbei machte diese Arbeit auch noch Spaß.

Ab und zu kamen in der Expressgutausgabe Filme für einige Kasseler Kinos an. Ich rief dann in dem jeweiligen Kino an und brachte die Filme sofort dorthin. Als Dankeschön bekam ich eine Freikarte.

Außer der Expressgutabteilung lernte ich während meiner Ausbildungszeit auch die beiden anderen Abteilungen – die für das Fracht- und die für das Eilgut – kennen. Ich stellte schnell die Unterschiede fest, sie hingen mit der Beförderung der Frachten zusammen, die entweder in Güterwagen oder auch im Personenzug transportiert wurden. In den Personenzügen wurde außer Expressgut und Reisegepäck – in kleinen Mengen – zum Beispiel frisch geschossenes Wild oder andere leicht verderbliche Ware befördert, alles andere landete in Güterwagen.

Mir fiel bei einem Wechsel in eine andere Abteilung auch auf, dass es bei der großen Dienststelle der Güterabfertigung mehr Zusammenhalt unter den Kollegen und mehr gegenseitige Hilfe gab. Jedes Jahr wurde ein Sommerfest mit den Mitarbeitern der gesamten Dienststelle und den Familienangehörigen gefeiert, da spielte dann eine Kapelle, deren Musiker aus den Reihen der Mitarbeiter kamen. Die Dienststelle veranstaltete gemeinsam mit dem Bundesbahn-Sozialwerk einmal im Jahr eine Sonderzugfahrt; als es nach Würzburg und nach Bremen ging, fuhr ich als Helfer mit.

Während meiner Ausbildung musste ich auch Lehrgänge besuchen. Eine Woche lang drückte ich in der Bundesbahnschule in Bebra die Schulbank. Dorthin wurden alle Lehrlinge aus Nordhessen zum Unterricht über den Eisenbahndienst geschickt. Am Nachmittag spazierten wir durch Bebra. Auf dem Rückweg zur Schule entdeckten wir, dass an der Schule ein Wagen mit der Kohle für die Heizung stand, just an der Stelle, an der die Kohle abgeladen werden musste. Uns kam eine Idee: Wir entladen den Wagen! Ich kletterte mit einigen Lehrlingen hinauf.

Ohne uns etwas dabei zu denken, zogen wir an einem Hebel. Die Kohle donnerte krachend vor das Kellerfenster. Wir versuchten, den Hebel wieder zu schließen, das funktionierte jedoch nicht. Flugs machten wir uns aus dem Staub. Am Abend kam die Sache heraus, zur Strafe mussten wir am nächsten Tag nach dem Unterricht per Hand aufräumen und saubermachen. Zum Glück wurde der Vorfall nicht unseren Dienststellen gemeldet. Nach dem Lehrgang in Bebra ging meine Ausbildung auf einer anderen Dienststelle weiter.

Im Januar 1967 kamen ich und zwei weitere Lehrlinge zur Bahnmeisterei Gleisbau in Kassel-Hauptbahnhof. Dort wurde uns der Aufbau der Gleise aus Schotter, Schwellen, Schienen und den Halterungen erklärt. Aus Sicherheitsgründen durften wir nicht mit in den Gleisbereich. So verbrachten wir die meiste Zeit in der »Bude«, wie der Aufenthaltsraum der Bahnmeisterei genannt wurde. Wir beschäftigten uns mit Büchern, schauten uns auf Bildern den Aufbau der Gleise und die dafür benötigten Schilder und Signale an. Wenn wir nichts zu tun hatten und uns langweilig war, spielten wir auf der Bude hin und wieder Karten. Ich stellte mir die Arbeit im Gleisbau sehr schwer vor, musste das meiste doch von Hand erledigt werden, nur selten kamen Maschinen zum Einsatz.

Im Gleisbau verbrachte ich lediglich zwei Monate, im März wechselte ich in den Signaldienst nach Guntershausen, wo ich den Aufbau der Signalanlagen im Freien kennenlernte. In den Stellwerken sah ich zum ersten

Mal die großen Gewichte und Seilzüge, die es möglich machten, Signale und Weichen in der Ferne zu bedienen. Während mir der Fahrdienstleiter auf dem Stellwerk alles detailliert erklärte, lauschte ich beeindruckt.

Am nächsten Tag fuhren der Meister, ein Geselle und ich nach Grifte, wo der Gleisbau Weichen und Gleise erneuert hatte. Unsere Aufgabe war es jetzt, die Seilzüge der Weichen zu erneuern und neue Schutzhauben daraufzusetzen. Nach der Arbeit kehrten wir zurück auf die Dienststelle in Guntershausen. Der nächste Tag brachte eine Überraschung: Nach einem Anruf mussten wir unser Auto mit neuen Seilzughauben beladen und erneut nach Grifte fahren. Was war geschehen? Alle Hauben, die wir aufgesetzt hatten, waren von der Stopfmaschine, die den Schotter verdichtet, zusammengedrückt worden und nicht mehr zu gebrauchen. Wir behoben den Schaden und kehrten mit dem Schrott zurück.

Ein paar Tage später musste ich allein auf der Dienststelle bleiben und für Ordnung sorgen. Es galt, aufzuräumen und sauber zu machen. Während der Arbeit kam mir die Idee, eine Spritztour mit dem Moped unserer Dienststelle zu unternehmen. Ich schaute es mir an, startete es und fuhr vor der Bude hin und her – so lange, bis die Glocke an der Wand der Bude schrillte. Ich nahm den Telefonhörer ab, am anderen Ende meldete sich der Fahrdienstleiter des Stellwerks. Er hatte mich beobachtet und verlangte, ich möge sofort damit aufhören, sonst melde er es dem Chef. Widerwillig stellte ich das Moped ab.

Im März endete meine Zeit bei der Signalmeisterei. Im April kam ich zu einer neuen Dienststelle: das für die Lokomotiven zuständige Bahnbetriebswerk. Dort standen Dampfloks für den Rangier- und den Zugfahrdienst. Ich lernte, welche Unterschiede zwischen diesen Lokomotiven existierten. Kleine Dampfloks wurden für den Rangierdienst im Bahnhof eingesetzt, alle anderen waren für die Reisezüge vorgesehen. Im Lokschuppen erfuhr ich, was es heißt, eine Dampflok zu bedienen und zu fahren: Man musste sie mit Öl oder mit Kohle anheizen, nach jeder Fahrt musste sie gesäubert werden. Dazu wurden die Kessel der Lokomotiven mit Hochdruck ausgeblasen. Danach sah man aus wie ein Schornsteinfeger ...

Eines Morgens durfte ich eine dieser Loks gemeinsam mit dem Meister anheizen. Es war schwieriger, als ich es mir vorgestellt hatte, denn beim Schaufeln der Kohle in die Feuerkammer ging einiges daneben. Der Meister lachte über meine Ungeschicklichkeit. Ich reinigte alles wieder.

Meine Zeit im Bahnbetriebswerk ging zu Ende.

Anfang Juni 1967 kam ich ins Betriebswagenwerk (BWW), wo Güter- und Reisezugwagen repariert wurden. In einer Halle standen die Wagen, die wieder fahrbereit gemacht werden mussten. In den Reisezugwagen lagen Bücher, in die alle Schäden eingetragen werden mussten, die während einer Fahrt festgestellt wurden und somit als gemeldet galten. Die Schäden wurden von den verschiedenen Berufsgruppen beseitigt: Sattler, Elektriker, Schreiner arbeiteten in der Wagenhalle. In einem Büro bekam ich Bücher und Hefte überreicht, in denen beschrieben war, wodurch sich die Reisezugwagen unterscheiden. Da Personenzug- und D-Zugwagen mit unterschiedlichen Geschwindigkeiten unterwegs waren unterschieden sich auch ihre Bremssysteme. Ich lernte das Bremssystem an einem Reisezugwagen und die dazugehörigen Bauteile kennen. Die Teile ließ ich mir in der Wagenhalle von den Technikern zeigen und erklären. Ich interessierte mich vor allem für die Reisezugwagen, wollte alles darüber wissen. Ich dachte mir: Was du hier über die Technik der Wagen lernst, kannst du später vielleicht brauchen!

Ich erfuhr auch etwas über die unterschiedlichen Formen der Wagenreinigung, die täglich durchgeführt werden musste. Für diese Arbeiten gab es besondere Bezeichnungen, zum Beispiel *01* für »grobe Reinigung«. Das beinhaltete Aschenbecher, Fußböden, WC-Anlagen sowie Fenster innen und außen. Bei der Reinigung fand sich all das, was die Leute liegen gelassen hatten. Fundsachen wurden gesammelt und auf dem Fundbüro im Bahnhof aufbewahrt.

Die Ausbildung bereitete mir immer mehr Spaß, ich war sicher, dass dies der richtige Beruf für mich ist. Auch die Zeit im BWW ging zu Ende.

Meine neue Dienststelle wurde der Rangierdienst im Personen- und Güterbahnhof Kassel-Hauptbahnhof. Nachdem ich ausgerüstet und eingekleidet war, wurde ich zum Rangierobermeister ins Stellwerk Personenbahnhof gebracht. Ihm wurde mitgeteilt, dass ich zur Ausbildung im Rangierdienst ausgebildet werden sollte. Der Obermeister ließ die Lok 1 zum Stellwerk kommen und teilte dem Rangierleiter auf der Lok mit, dass ich zum Rangierer ausgebildet werden soll, dann begann die Ausbildung.

In Kassel-Hauptbahnhof gab es drei Rangierloks: Lok 1 für den Personen- und Abstellbahnhof, Lok 2 für den Post- und Personenbahnhof und Lok 3 für den Güterbahnhof. Ich wurde in allem unterwiesen, was mit dem Rangieren zu tun hatte. Bei jedem Rangiergang begleitete ich den Rangierer, der mich ausbildete. Er zeigte mir, wie man Fahrzeuge kuppelt und was außerdem nötig war. Auch die Signale und Gleiszeichen, die sich zwischen den Gleisen und am Fahrdraht, der den Strom für die E-Loks transportiert, befinden, lernte ich unterscheiden. Alle Gleise im gesamten Bahnhof besitzen eigene Gleisnummern. So gibt es 13 Bahnsteiggleise. Daneben existieren Bahnhofsgleise, die im Vorbahnhof liegen. Mir dies alles einzuprägen war nicht leicht. Der Rangierleiter der Lok erklärte mir die Aufgaben anhand eines Rangierzettels, auf dem zig Zug- und Wagennummern standen und der in einer Schicht abgearbeitet werden musste.

Wir fuhren mit der Rangierlok an Züge heran, die angekommen waren, und brachten sie zum Abstellbahnhof, wo sie so lange standen, bis ihre neue Reise begann. Oder wir rangierten die Wagen an andere Züge heran.

Die Ausbildung im Rangierdienst dauerte bis zum September 1967. Ab Oktober musste ich auf meine Dienststelle zur Frachtgutabfertigung zurück, dort sollte ich meine Einweisung in die Annahme und Ausgabe von Frachtgut erhalten sowie den Ermittlungsdienst für

Schadensfälle kennenlernen, um auch dort einen Einblick zu bekommen.

Da es auf den Winter zuging, zog es in der großen Halle, in der wir arbeiteten, alle Tore standen offen. Trotzdem mussten alle Güterwagen be- und entladen werden. Ich bearbeitete auch Frachtbriefe der Kunden. Die Abfertigung und die Verladung der Frachten übernahmen die Kollegen aus der Umladehalle. Am Jahresende war mein Aufenthalt in der Frachtgutabfertigung beendet. Anfang 1968 ging ich noch einmal in den Rangierdienst, diesmal zum Güterbahnhof Kassel-Hauptbahnhof.

Dort wurden Güterzüge auseinanderrangiert, die vom Rangierbahnhof kamen. Sie wurden in die Halle gefahren oder zu den Gleisen anderer Empfänger zugestellt, das waren zum Beispiel die Firma *Nordsee*, der Zoll oder Gemüse- und Obstgroßhändler sowie die Eilgutabfertigung. Im Laufe des Tages mussten wir dann auch wieder die Frachtguthalle freiräumen, die neu beladenen Wagen wurden zur Übergabe für den Rangierbahnhof vorbereitet. Während dieser Zeit lernte ich die verschiedenen Güterwagen, ihre Bauarten und Einsatzzwecke kennen. Es gab Wagen für Holz- und Tiertransporte, für landwirtschaftliche Maschinen, Tankwagen etc.

Ich fragte mich: Wer leistet eigentlich Erste Hilfe, wenn was passiert? Nirgendwo fand ich einen Hinweis darauf. Ich beschloss, bei einem Rettungsdienst einen Erste-Hilfe-Lehrgang zu belegen. Ich wurde dann auch Mitglied bei einem Rettungsdienst in Kassel.

Ich war als Lehrling nicht immer ein Musterschüler. Gemeinsam mit anderen heckte ich gern den einen oder anderen Streich aus. Wir hatten einen Kollegen, der einen Garten besaß. Ich riet ihm eines Tages, er müsse, wenn er einen Tipp brauche, nur den Eisenbahngartenbau anrufen. An einem Regentag kamen wir wieder mal auf seinen Garten zu sprechen. Ich empfahl ihm, die Nummer 888 anzurufen, verschwieg ihm jedoch, dass dies die dienstliche Vorwahl des Bahnhofs Gießen war. Als er die Nummer gewählt hatte, ertönte die Ansage »Gießen, Gießen, Gießen …« Mein Kollege fragte verdutzt: »Warum soll ich gießen, es regnet doch?« Erst später wurde ihm klar, dass er von mir reingelegt worden war, er nahm es mir jedoch nicht übel. Ich organisierte meine Streiche meist so, dass niemand zu Schaden kam. So schnappte ich mir immer mal die kleinen Frachtgutschlepper, mit denen wir Frachtgut sortierten, und drehte ein paar Runden in der Halle. Erwischen ließ ich mich dabei natürlich nicht.

Einmal pro Woche besuchte ich die Berufsschule in Kassel. Da wurde uns erklärt, dass die Deutsche Bundesbahn einen öffentlichen Auftrag erfüllte, dass sie zur Beförderung von Menschen, Tieren und Frachten aller Art verpflichtet und der Bundesverkehrsminister unser oberster Dienstherr ist. Damals wurde auch das Gepäck der Reisenden in den Reisezügen befördert, sie besaßen dafür einen speziellen Wagen.

Mein Chef bat mich einmal, für fünf Wochen in der Dienstbriefstelle auszuhelfen, dort fehlte ein Mitarbeiter. Meine Aufgabe war, die Dienstpost, die während der Nacht eingetroffen war, zu sortieren und in die Dienststellenfächer oder zur Weiterbeförderung in die Richtungsfächer der angegebenen Strecken für die Züge, die nach auswärts fuhren, zu legen. Ich bediente die Gleise 7 bis 13. Mit einem kleinen Handwagen brachte ich die Dienstpost an die Züge. Einmal stieg ich in einen D-Zug ein, um dort Post abzugeben. Meinen Handwagen ließ ich währenddessen unbeaufsichtigt auf dem Bahnsteig stehen. Da wurde ich das Opfer eines Streiches: Ein Kollege der Expressgutumladung schrieb mit Kreide »Dienstmann« an mein Wägelchen. Dienstmann wurden früher die Gepäckträger genannt. Als ich aus dem Zug stieg, stellte ich mit Entsetzen fest, das einige Reisende ihr Gepäck in meinen Wagen geladen hatten. Ungeduldig warteten sie darauf, dass es losging. Ich hatte keine Wahl, ich musste ihr Gepäck an den gewünschten Ort bringen. Die meisten wollten zum Taxi, andere in die am Bahnhof gelegenen Hotels. Ich bewältigte diese Aufgaben und bekam als Entschädigung etwas Trinkgeld. Da ich mit meinem Handwagen für meine Kollegen eine Zeit lang unauffindbar war, verpassten sie mir den Spitznamen »Dr. Kimble auf der Flucht«. Das war der Titel einer US-Krimiserie im Fernsehen. Den Doktortitel bekam ich verpasst, weil ich ehrenamtlich im Rettungsdienst tätig war.

Nach meinem Einsatz in der Dienstbriefstelle musste ich als Aushilfe ins Maschinen- und Betriebsamt. Dort belieferte ich als Bote die Herren in den Büros mit der für sie bestimmten Post. Gegen 14 Uhr sammelte ich die Post ein, die auf dem Dienstweg verschickt werden sollte, und brachte sie auf die Dienstbriefstelle. Hatte ich mal nichts zu tun, nutzte ich die Gelegenheit, um mir einen Film im Bahnhofskino – kurz Bali – anzuschauen.

Meine Ausbildung endete am 30. März 1968. Nun musste ich mich für einen Bereich bei der Bahn entscheiden. Ich fing zum 1. April als Arbeiter in der Expressgut-Annahme und -Ausgabe an, wo ich als Lehrling meine ersten Schritte gegangen war. Nachdem ich in die Gewerkschaft der Eisenbahner Deutschlands eingetreten war, erfuhr ich, dass sie ein Europa-Camp in Monte Carlo/Monaco unterhielt und man dort Urlaub machen konnte. Diese Gelegenheit ließ ich mir nicht entgehen und leistete mir meinen ersten Auslandsurlaub. Dort lernte ich viele Kollegen von anderen Bahnhöfen kennen.

Als ich 18 geworden war, konnte ich im Dreischichtendienst eingesetzt werden. Zudem bekam ich im Oktober 1968 die Gelegenheit, die Fahrerlaubnis für Elektroschlepper und Stapler zu erlangen. Nun konnte ich auch bei der Bahnsteigumladung eingesetzt werden. Mit den Elektroschleppern wurden die Reisezüge mit Packwagen sowie die Expresszüge be- und entladen. Das Expressgut und das Reisegepäck für andere Züge und Strecken wurden im Umlade-Schuppen sortiert oder für den eigenen Bahnhof in die Expressgut-Ausgabe gebracht.

Vor allem die Spätschichten in der Expressgut-Annahme waren äußerst anstrengend. Sie fanden zwischen 16.00 Uhr und 20.30 Uhr, wenn die meiste Arbeit anfiel, statt. In der Nachtschicht, die um 22.00 Uhr begann, wurden nur noch die Expressgut- und einige D-Züge mit Restgut aus dem Schuppen oder Umladegut aus anderen Zügen bedient. Um 1.00 Uhr kehrte allmählich Ruhe ein, erst dann konnten wir etwas essen, uns ausruhen oder beim Lesen und Kartenspielen entspannen. Ab 3.00 Uhr begannen die Vorbereitungen für die Frühschicht. Vor Weihnachten bekamen wir oft kleine Geschenke, und zwar von den Firmen, für die wir das ganze Jahr über Versandgut annahmen und verschickten.

Da ich das Vertrauen meiner Vorgesetzten genoss, bekam ich die Gelegenheit, mich weiterzubilden: Ich durfte eine Urlaubsvertretung in der Batterie-Ladestation und Wartungshalle für unsere Stapler und Schlepper übernehmen. Dort war ich vollkommen auf mich allein gestellt. Zu dieser Tätigkeit gehörte auch das Bedienen der Reisegepäckabfertigung in Kassel-Hauptbahnhof. Das Reisegepäck musste zeitlich genau an die Züge gebracht werden, in denen die Besitzer des Gepäcks mitfuhren. Diese Aufgabe erforderte meine ganze Aufmerksamkeit. Als mein Kollege aus dem Urlaub zurückkam, war er des Lobes voll, ich hatte ihn gut vertreten.

Am 1. Dezember 1969 bewarb ich mich für den Rangierdienst beim Bahnhof Kassel-Hauptbahnhof. Es war lediglich ein kurzes Gespräch mit dem Dienststellenleiter nötig, kurze Zeit später konnte ich anfangen. Mit Arbeitshandschuhen, Handlampe und einer Trillerpfeife ausstaffiert meldete ich mich beim Rangier-Obermeister. Er nahm mich in seine Dienstplangestaltung auf, nach kurzer Einweisung bekam ich meinen eigenen Dienst-

*Meine zweite Dienststelle Bahnhof Kassel-Hauptbahnhof, wo ich vom 1. 12. 1969 bis Frühjahr 2000 arbeitete.*
*Foto: G. Becker*

plan: fünf Tage Frühschicht von 6.00 Uhr bis 14.00 Uhr, fünf Tage Spätschicht von 14.00 Uhr bis 22.00 Uhr, die Nachtschichten dauerten von 22.00 Uhr bis 6.00 Uhr.

Auf der Rangierlok 1 war ich als zweiter Mann eingeteilt. Die Pausen machten wir im Stellwerk. In meiner ersten Nachtschicht ging ich um 3.00 Uhr zum Essen. Da ich todmüde war, schlief ich prompt ein. Mein Vorarbeiter weckte mich etwa gegen 5.30 Uhr mit den Worten: »Du kannst jetzt nach Hause fahren, wir sind fertig!« Meine Kollegen hatten mich schlafen lassen und währenddessen alles erledigt. Die Sache war mir äußerst peinlich, schließlich war es meine erste Nachtschicht. Ich zog mich um und fuhr mit dem Zug Richtung Oberzwehren, dort musste ich aussteigen. Doch ich war so müde, dass ich im Zug erneut einschlief. Kurz vor Wolfershausen weckte mich der Zugführer, der mich fragte: »Wo wollen Sie denn aussteigen?«

»In Oberzwehren!«, antwortete ich, während ich mir die Augen rieb.

Der Zugführer schüttelte den Kopf: »Da waren wir längst …«

Mir blieb nichts anderes übrig, als am nächsten Halt auszusteigen und mit einem anderen Zug nach Oberzwehren zurückzufahren.

Die zweite Nachtschicht war mit zusätzlicher Arbeit ausgelastet, weil wir mit der Lok 1 eine Reihe schadhafter Wagen gegen Ersatzwagen austauschen mussten. Nach dieser Nachtschicht musste ich mich wieder arg bemühen, nicht wieder auf dem Nachhauseweg im Zug einzuschlafen. In der darauffolgenden Woche hatte ich Frühschicht von 6.00 Uhr bis 14.00 Uhr.

Einmal musste ich bei einem Interzonenzug, der aus Leipzig kam, einen defekten Wagen austauschen. Es war gang und gäbe, dass die Reichsbahn der DDR schadhafte Reisezugwagen schickte, weil sie wusste, dass bei uns im Westen solche Wagen wieder instand gesetzt wurden. Ich musste mit der anderen Lok des Zuges seine ersten vier Wagen bis in den Vorbahnhof ziehen, sodass die Rangierlok 1 den defekten Wagen herausnehmen konnte. Danach brachte ich die vier abgekoppelten Wagen wieder an den Zug und hängte sie wieder an.

Auf der Abstellanlage für die Waggons wurden gerade neue elektrische Heizungen zum Vorheizen der Züge aufgestellt. Weil ein Kollege krank war, meldete ich mich freiwillig zum Spätdienst und übernahm die Arbeit des Bahnsteig-Rangierers für die Gleise 7 bis 13. Ich musste einen Zug vom Abstellbahnhof an den Bahnsteig holen. Als ich die Diesellok an den Zug angehängt hatte, teilte ich dem Lokführer mit, was ich vorhatte. Dann meldete ich die Fahrt beim Fahrdienstleiter am Personenbahnhof an. Ich bekam meine Zusage zum Fahren und gab dem Lokführer das Signal, er möge losfahren. Da gab es einen mächtigen Knall. Erst da stellte ich mit Erschrecken fest, dass ich vergessen hatte, die Heizung abzuschalten und den Stecker vom Zug zu entfernen. Der Zug riss das Kabel mitsamt der neuen elektrischen Heizung heraus. Die Aufregung war groß, der Schaden auch. Dieses Unglück passierte an einem Sonntag. Am darauffolgenden Montag trat ich gesenkten Hauptes zur Beichte beim Chef an. Ich kam jedoch glimpflich davon, denn er ermahnte mich lediglich, ich solle mich künftig besser auf meine Arbeit konzentrieren. Ich musste eine Strafe zahlen, damit war die Sache erledigt.

Am Mittwoch derselben Woche brachte ein D-Zug zwei schadhafte IC-Wagen für das Kasseler Bahnbetriebswagenwerk (BWW) mit. Als der Zug wieder abgefahren war, zogen wir die zwei Wagen mit unserer Rangierlok nach Gleis 101, um sie später dem BWW zuzustellen. Als die Zeit dafür gekommen war, sagte mein Kollege, die Wagen müssten jetzt zum Abstellbahnhof, der auch Kippe genannt wurde. »Wir geben den Wagen einen kleinen Stoß, du fährst mit und bedienst die Handbremse, sodass du auf der Kippe zum Halten kommst, und zwar in ein Gleis, das leer ist.« Ab ging die Fahrt. Doch die Handbremse zog nicht an. So rollte ich bis fast vor die Wagenhalle des BWW. Deren Tor stand Gott sei Dank offen … Kurz davor kam ich mit den beiden Wagen zum Stehen. Die Aufregung war groß, aber es ging glimpflich aus. Die Kollegen waren zu dieser Zeit nicht in der Halle zugange.

1969 legte ich meine Prüfung als Rangierarbeiter beim Dienststellenleiter ab. Ich bestand sie und durfte von da an auch allein rangieren.

Im Januar 1970 musste ich eine Untersuchung beim Augenarzt hinter mich bringen. Sie ergab, dass ich eine Brille tragen musste. Von da an konnte ich nicht mehr im Rangierdienst arbeiten. Mein Chef tröstete mich mit dem Vorschlag, mir im Zugladedienst einen neuen Arbeitsplatz zu besorgen. Nach einem Telefonat mit dem Oberfahrmeister schickte er mich zu ihm. Wir führten ein längeres Gespräch, er erklärte mir die Aufgaben eines Fahrladeschaffners im Zug und die Dienstpläne, in denen die Zielbahnhöfe sowie die Arbeitszeit für Hin- und Rückfahrt aufgeführt waren.

Nach einigem Nachdenken konnte ich mir gut vorstellen, als Ladeschaffner zu arbeiten. Ich sagte zu und bekam die nötigen Unterlagen, zum Beispiel die Ladevorschriften und die Arbeitshandschuhe. Meine Einweisung sollte vier Wochen dauern.

Alle Reisezüge, die mit einem Gepäckwagen ausgerüstet waren, wurden von einem Ladeschaffner begleitet.

Er sortierte das auf den Bahnhöfen eingeladene Expressgut und Reisegepäck während der Fahrt und entlud es an der nächsten Station am Bahnhof wieder. Dies setzte sich fort bis zum Zielbahnhof. Mitunter wurden auch lebende Tiere oder Obst und Gemüse transportiert. Am Ende eines Monats wurden mit den Personenzügen die Lohn- und Rentengelder für sämtliche Streckenbahnhöfe rund um Kassel verteilt. Da sehr viel Geld in Umlauf war, fuhr die Bahnpolizei mit. Wir beförderten auch unsere eigene Dienstpost.

Meine Fahrten führten mich durch ganz Deutschland. Ich lernte Bahnhöfe wie die in Hamburg, Köln, Frankfurt/Main, Würzburg oder Westerland auf Sylt kennen. Nach der vierwöchigen Einweisungszeit musste ich meine Prüfung ablegen, die ich bestand. Ab dem 18. Februar 1970 war ich selbständiger Fahrladeschaffner. Von nun an musste ich auch eine Bahnuniform tragen und der »Kleiderkasse« beitreten. Von meinem Lohn wurde ein kleiner Betrag abgezogen, der an die Kleiderkasse ging. War Arbeitsbekleidung verschlissen, konnte so Ersatz finanziert werden.

Anfangs bekam ich die Dienstpläne aller Ladeschaffner-Leistungen vom Fahrmeister. Da ich noch kein Planladeschaffner mit einem eigenen Dienstplan war, standen meine täglichen Leistungen auf einem sogenannten Reservebrett. Dort konnte ich täglich ablesen, wie ich zu fahren hatte. Ich fuhr im kleinen Packwagenabteil von Personenzügen sowie in den großen Reisezugpackwagen von D- und Post-Expresszügen. So lernte ich viele kleine, mittlere und große Städte mit den dazugehörigen Strecken kennen.

Unterwegs hatte ich öfter mit dem Orts-Ladepersonal Probleme. Und zwar immer dann, wenn mein Laderaum im Zug oder Packwagen voll war und ich nichts mehr aufnehmen konnte. Meine Kollegen vor Ort wollten meist mit aller Gewalt ihr Gut loswerden. Ich konnte darauf jedoch keine Rücksicht nehmen, meldete einfach fertig und schloss die Ladetür. Dann hörte ich draußen die wütenden Kollegen fluchen. Doch der Wagen war nun mal voll, wir Ladeschaffner hatten zum Sortieren nur die Zeit zwischen den Bahnhöfen.

Mit jedem Tag bereitete mir das Fahren mehr Spaß, weil ich mir meine Arbeit selbst einteilen konnte. Eine der schönsten Strecken war die nach Sylt. Der Eilzug dorthin kam früher von Luxemburg, in Kassel-Hauptbahnhof wurde der Packwagen angehängt. Etwas später wurde die Strecke gekürzt, der Eilzug fuhr von Trier-Hauptbahnhof über Gießen nach Kassel-Hauptbahnhof. Ab Kassel ging es mit 50 Haltestellen nach Sylt. Ich fuhr in Kassel-Hauptbahnhof um 13.30 Uhr los, die Ankunft in Sylt sollte um 21.45 Uhr sein. In Westerland übernachtete ich. Am anderen Morgen ging es um 7.02 Uhr zurück nach Kassel, wo ich um 15.30 Uhr ankam.

Bei einer Fahrt nach Westerland wurde in Hamburg-Altona überraschend alles Expressgut ausgeladen, auch das, was noch für die Stationen bis Westerland bestimmt war. In meinen Packwagen wurden 900 Koffer eingeladen. Sie gehörten Kindern, die mit einem Sonderzug von Hamburg-Altona nach Westerland fuhren und Platz für ihr Gepäck brauchten.

Auf einer Nachtfahrt in einem Expresszug nach Frankfurt/Main schlief ich, kurz bevor wir den Hauptbahnhof erreichten, ein und wachte auch nicht auf, als wir ankamen. Während ich fest schlummerte, lud das Frankfurter Personal den Rest meines Expressgutes und das Reisegepäck aus. Mein Zug wurde auf dem Abstellbahnhof zwischen Frankfurt und Offenbach abgestellt. Dort erwachte ich endlich. Verwundert rieb ich mir die Augen: Was war bloß in der Zwischenzeit mit meinem Gepäck geschehen? Da die Rangierlok dieses Zuges wieder zurück nach Frankfurt-Hauptbahnhof musste, nutzte ich die Gelegenheit und fuhr damit zurück. Am Hauptbahnhof musste ich meinen Dienst in einem anderen Zug antreten, der zurück nach Kassel fuhr. Zum Glück war ich noch rechtzeitig vor der Abfahrt zurück. Meine Rache für den Streich meiner Kollegen, das nahm ich mir fest vor, sollte folgen.

Wenige Tage später, auf einer Fahrt nach Karlsruhe, die über Frankfurt führte, hatte ich nachts in Kassel den Expressgutwagen übernommen. Darin stand unter anderem eine Holzflachpalette mit einem schweren Teil aus Metall, die das Frankfurter Personal würde ausladen müssen. Da ich stets Hammer und Nägel dabeihatte, um Schäden am Expressgut zu reparieren, nagelte ich flugs die Palette am Wagenboden fest. Ich wartete gespannt darauf, was in Frankfurt passieren würde.

Dort stieg ich aus, um einen anderen Zug nach Kassel zu bringen. Vor der Abfahrt blieb etwas Zeit. So konnte ich in einer Ecke auf dem Bahnsteig versteckt darauf warten, wie meine Kollegen wohl die Palette aus dem Waggon bekommen würden. Sie mühten sich redlich, doch es gelang ihnen beim besten Willen nicht – die Palette schien am Boden des Wagens festgewachsen zu sein. Ich bog mich vor Lachen. Einer der Mitarbeiter erkannte schließlich, was los war. Fluchend zogen die Kollegen die Nägel heraus. Für mich war die Welt wieder in Ordnung, zufrieden stieg ich in meinen Zug und fuhr nach Hause.

Bei einer Fahrt von Hamburg nach Basel wurden mir in Hannover fünf Pappkartons mit Flamingos eingeladen. Die exotischen Vögel waren für den Zoo in Frankfurt/Main bestimmt. Während der Fahrt befreiten sich einige Tiere aus den Kartons und drängten sich in eine Ecke des Wagens. Bevor ich in Kassel ausstieg, versorgte ich die gefiederten Fahrgäste mit Wasser und ließ den Zoo in Frankfurt über die Lage informieren.

Um die Weihnachtszeit wurden zusätzliche Expresszüge eingesetzt. In dieser Zeit bekam ich einen anderen Dienstplan. Da ich immer noch nach dem Reservebrett meine Leistungen fuhr, erkundigte ich mich beim Fahrmeister, ob er mich verstärkt im Weihnachtsgeschäft einsetzen könne. In dieser Zeit gab es Expressgutsendungen, die sehr groß und kompakt waren, so bekam ich meinen Wagen schnell voll, konnte dann nichts mehr zuladen und hatte auf der Fahrt zum Zielbahnhof meine Ruhe. So ging die Zeit bis Heiligabend schnell vorüber.

Weil Personal abgebaut werden sollte, endete mein Dienst als Fahrladeschaffner im August 1976. Als Jüngster musste ich als Erster gehen. Zum 1. September 1976 wurde ich zum Gleisbau nach Hannoversch Münden abkommandiert. Mir wurde angekündigt, dass ich voraussichtlich drei Jahre in der dortigen Bahnmeisterei arbeiten würde. Die neuen Vorgesetzten sowie meine neuen Kollegen nahmen mich gut auf. Dort waren ohne die Beschäftigten im Büro zehn Mitarbeiter stationiert.

Mit zwei bis drei Kollegen war ich von da an auf der Strecke unterwegs, um die Gleisanlagen instand zu halten. Unser Bezirk begann in der Nähe von Ihringshausen und endete in Eichenberg. Nach einiger Zeit wurde ich zum Sicherungsposten – kurz Sipo – ausgebildet. Ausgerüstet mit einem Signalhorn, einem Fahrplan und einer rot-weißen Fahne, war es meine Aufgabe, auf den Zugverkehr in beiden Richtungen zu achten, während meine Kollegen im Gleis arbeiteten. Ich musste sie warnen, wenn ein Zug sich näherte, damit sie den Gleisbereich möglichst zeitig und ohne Hast verlassen konnten. Nach und nach stellte ich fest, wie wichtig diese Funktion war, mussten meine Kollegen mir doch blind vertrauen können.

Für die Winterzeit bekam ich die Bahnhöfe Kragenhof und Speele zugeteilt, um dort die Schneewache zu übernehmen und auf den Bahnsteigen und im Weichenbereich Eis und Schnee zu räumen, um Unfällen vorzubeugen. Fiel der 24. Dezember auf einen Wochentag, arbeiteten wir lediglich bis Mittag und machten eine kleine Weihnachtsfeier.

Im darauffolgenden Jahr bekam ich die Möglichkeit, an zwei Lehrgängen zum Bremsbeamten teilzunehmen, und zwar im Bahnbetriebswagenwerk Kassel-Rangierbahnhof. Ich begann außerdem eine Ausbildung zum Zugführer für Arbeitszüge und zum Lotsendienst, um Baumaschinen von Fremdfirmen überführen zu können. Wenn ich mich recht erinnere, waren für 1978 zwei große Baustellen geplant: eine Eisenbahnbrücke über die Bundesstraße 80 und eine weitere Brücke über die Fulda in Kragenhof bei Kassel. Nach den Vorarbeiten für die Brücke über die B 80 sollte ich mit zwei Schienenkränen, die im Bahnhof Witzenhausen/Nord standen, während einer Nachtschicht zum Einsatz kommen. Ich war schon am frühen Abend in Witzenhausen, um die nötigen Vorbereitungen zu treffen. Der Fahrdienstleiter kündigte an, dass eine E-Lok aus Kassel käme, die die Schienenkräne zur Baustelle bringen sollte. Als die E-Lok eingetroffen war, nahm ich sie vom Haupt- ins Nebengleis, um sie später an die Schienenkräne anzukoppeln.

Ich teilte dem Lokführer mein Vorhaben mit und stellte die Handweichen zur Fahrt an die Kräne. Ich winkte dem Lokführer zu, um ihn aufzufordern, mit der Lok in meine Richtung zu fahren. Doch er kam nicht. Ich lief zu ihm, fragte, was los war.

»Es geht nicht!«, entgegnete er.

»Weshalb?«, wollte ich wissen.

Er deutete auf die Lok.

Ich schaute nach den Rädern und stellte fest, dass die Lok mit einer Achse neben dem Gleis stand. Sie hatte sich an der ersten Weiche selbst herausgehoben. Ich ging zum Fahrdienstleiter und rief von dort meinen Obermeister in Hannoversch Münden an. Er entschied: »Ich hole sofort den Hilfsgerätezug aus Kassel und komme persönlich nach Witzenhausen!«

Nach etwa drei Stunden war der Hilfszug mit zwei Dieselloks da. Während die anderen Mitarbeiter vom Hilfszug die E-Lok wieder auf das Gleis setzten, grübelte ich, ob ich schuld an dem Ganzen hatte. Der Obermeister hatte einen Mitarbeiter vom Weichenbauhof Hanau mitgebracht. Der sah sich, nachdem die E-Lok abgefahren war, die Weiche genau an und teilte meinem Obermeister mit, dass ich keine Schuld hätte, da an der alten Weiche die Zungenspitze, ein bewegliches Bauteil zur Fahrwegänderung, nicht in Ordnung gewesen sei. Ich fragte ihn sicherheitshalber, ob ich die Weiche trotzdem weiter benutzen könne. »Zum Rausfahren«, antwortete er, »ist das in Ordnung.« Ich setzte meine Arbeit mit einer Diesellok fort und so konnte ich die Kräne zur Baustelle bringen.

Am anderen Morgen war die neue Brücke aufgebaut.

Nach wenigen Tagen wurde ich als Sicherungsposten zur Brücke nach Kragenhof beordert. Eine Fremdfirma aus Duisburg sollte die Metallkonstruktion dieser Brücke abstrahlen und sieben Mal neu streichen. Durch das Mithören der Zugmeldungen konnte ich die Arbeiter, falls sie die Brücke verlassen wollten, rechtzeitig warnen. Einige Zeit später stellte ich fest, dass die Arbeiter zum Feierabend hin die nicht entleerten Farbeimer in die Fulda warfen. Ich rief von zu Hause aus die Wasserschutzpolizei und auch meinen Obermeister auf seiner Privatnummer an, teilte ihm mit, dass ich die Polizei verständigt hatte. Am anderen Morgen war die Wasserschutzpolizei mit Funkwagen und Schiff zur Stelle. Sie fand die Eimer im Wasser. Die Firma bekam mächtig Ärger …

Eine andere Baustelle befand sich zwischen Mönchehof und Obervellmar. Dort war ich als Zugführer für Arbeitszüge im Einsatz. Ich bekam den Auftrag, den leeren Schienenzug aus Warburg zu holen, um die ausrangierten Schienen an der Baustelle aufzuladen. In Warburg zog ich mit meiner kleinen Diesellok den Schienenzug aus dem Abstellgleis in den Bahnhof. Bevor ich abfahren konnte, machte ich eine Bremsprobe, dazu baute ich den Bremskopf an die Luftleitung, danach testete ich mit dem Lokführer den Sprechfunk. Ich schaltete die Scheinwerfer der Schienengreifer ein und meldete mich zur Abfahrt nach Mönchehof beim Fahrdienstleiter an. Ich entschied, im geschobenen Zustand Richtung Baustelle zu fahren, dabei schiebt die Lok den Schienenzug. Im Bahnhof Liebenau kam ich in das Überholungsgleis und musste warten, bis uns der Schotterzug, der auch zur Baustelle fahren sollte, überholt hatte. Der Fahrdienstleiter rief mich über Außenlautsprecher zu sich und fragte, ob ich zwei Loks am Zuge hätte, weil er vorn ein Zugspitzensignal und hinten einen elektrischen Zugschluss – zwei rote Lampen – gesehen hätte. Üblicherweise fuhr die Lok vorn und der Schienenzug hinten, deshalb war er irritiert. Da mich die Lok schob, durfte die Geschwindigkeit offiziell nicht schneller als 25 Stundenkilometer sein. Nachdem der Fahrdienstleiter der Ausfahrt zugestimmt hatte, setzte ich meine Fahrt fort – statt mit 25 jedoch mit 40 Stundenkilometern. An der Baustelle angekommen sagte die Bauleitzentrale, ich möge die Lok abhängen und ins Baugleis fahren. Ich bat den Fahrdienstleiter in Mönchehof, er möge die Gleissperre öffnen, sodass ich sofort ins Baugleis fahren konnte. Er öffnete das Gleis, ich fuhr langsam mit meinem Schienenzug weiter. Auf der Laderampe staunten die Kollegen, es hatte bis dahin noch niemand in solch kurzer Zeit geschafft, von Warburg nach Obervellmar zu fahren. Ich verriet ihnen nicht, dass ich viel zu schnell unterwegs gewesen war …

Im Winter jenes Jahres setzte starker Schneefall ein, so musste ich wieder wie zwei Jahre zuvor im Bezirk für die Bahnhöfe Kragenhof und Speele Schnee räumen, bis Ende März 1979. Ab April waren kleinere Arbeiten an den Gleisen zu erledigen. Im Mai fragte mich mein Chef, ob ich etwas dagegen hätte, für sechs Wochen in Frankfurt-Hauptbahnhof beim S-Bahn und U-Bahn-Bau als Zugführer für einen Arbeitszug auszuhelfen. Ich könnte, ergänzte er, auch nach drei Wochen mit einem Kollegen tauschen, sollte es mir nicht gefallen. Ich sagte Ja.

Am Frankfurter Hauptbahnhof wurde ich von einem Mitarbeiter, der sich als Ingenieur der Bahn vorstellte, in Empfang genommen. In seinem Büro teilte er mir mit, dass ich in einem Männerwohnheim an der Galluswarte wohnen würde. Die geplante Aushilfe als Arbeitszug-Zugführer habe sich jedoch erledigt, er brauche mich nun zur Aufsicht für eine Firma, die die Fluchtwegmarkierungen und Schilder in den Tunnelröhren und an den Gleisen anbringen sollte. Er erklärte mir die Bauzeichnung für die Tunnel 1 bis 6 der S- und U-Bahn. Für diesen Einsatz bekam ich einen besonderen Ausweis, mit dem ich die Baustelle betreten durfte, die durch Sicherheitspersonal und einen Bauzaun gesichert war.

Meine Arbeitszeit war von 7.30 Uhr bis 17.00 Uhr. Das Wohnheim hatte drei Etagen. Im Erdgeschoss wohnten Italiener, im ersten Stock Spanier, im zweiten Griechen, im dritten Deutsche – alle arbeiteten gemeinsam bei der Bahn. Wollte man fernsehen, musste man Kleingeld parat haben, die halbe Stunde kostete eine Mark, die man in den dafür vorgesehenen Automaten am Fernseher werfen musste.

In der zweiten Woche begann der Donnerstag mit einer Überraschung: Die Polizei rückte mit einem Großaufgebot an – zum Glück nur für eine Übung. Terroralarm war ausgelöst worden. Ich durfte während dieser Zeit den U-Bahn-Bereich nicht verlassen. In der dritten Woche rückte an einem Dienstag die Feuerwehr an, ebenfalls zu einer Übung, für die ein Großfeuer und das Räumen eines S-Bahn-Zugs simuliert wurden.

Nach drei Wochen waren die Arbeiten im U- und S-Bahn-Bereich in Frankfurt-Hauptbahnhof/Tief erledigt, ich sollte von da an weiter im offenen Gelände arbeiten. Darauf hatte ich jedoch keine Lust. Ich rief meinen Chef in Hannoversch Münden an und bat darum, nun doch einen anderen Kollegen zu schicken. Mein Chef stimmte zu, ich solle mich am Montag wieder auf meiner Dienststelle melden. In Hannoversch Münden blieb ich bis Juli 1979. Ab August musste ich vorübergehend wieder auf die Güterabfertigung nach Kassel-Hauptbahnhof, dort fehlte es wegen des hohen Krankenstandes an Leuten.

Die Sicherheit am Arbeitsplatz ging bei mir vor. Durch meine ehrenamtliche Arbeit beim Rettungsdienst hatte ich bereits viele Arbeitsunfälle gesehen. In der Güterabfertigung fielen mir erhebliche Mängel in der Frachtguthalle auf: Löcher in den Fahrstraßen und zwischen den Güterwagengleisen, verbogene Ladebleche und ausgefallene Beleuchtung. Bei meinem Vorgesetzten bestand ich darauf, diese Mängel zu beseitigen. Er versprach, es erledigen zu lassen, was dann auch nach und nach geschah.

Bis zum 1. Juli 1980 blieb ich bei dieser Dienststelle. Der Bahnhof Kassel-Hauptbahnhof wollte mich wieder im Zugladedienst beschäftigen, mir war es recht. Während meiner Fahrten bildete ich andere Kollegen zu Ladeschaffnern aus. Bei einer Tagesübernachtung in Hamburg sah ich mir den Hafen an, das schöne Wetter bot sich für einen solchen Ausflug an.

Am Abend musste ich den D-Zug, der von Kiel kam und gegen 22.00 Uhr in Hamburg-Altona hielt, nach Kassel begleiten. Mit mir befand sich ein Kollege im Packwagen. Sein Dienst hatte in Kiel begonnen, er musste bis Frankfurt fahren. Als ich mich umgezogen hatte, bat er mich, ich möge doch bitte das Expressgut und Reisegepäck für die Unterwegsbahnhöfe im hinteren Teil des Wagens sortieren. Er wies auf eine große und stabile Kiste und schärfte mir ein, ich möge nur ja nichts darauf stapeln, darin befände sich »ein Tier«. Mehr verriet er nicht. Die Kiste stand einen halben Meter von der Wagenstirnseite entfernt, eine Wand war lediglich mit Gitterstäben gesichert. Ich kroch in den Zwischenraum, um endlich meine Neugier zu befriedigen und herauszufinden, welches Tier sich in dieser Kiste befand. Ich erschrak gewaltig, denn ich schaute einem ausgewachsenen Tiger in die Augen. Da unser Zug noch nicht abgefahren war, sprang ich zur Ladetür hinaus und lief am Zug entlang nach hinten. Die Ladeaufsicht, die Zugaufsicht und der Zugführer schauten mich verwundert an. Sie fragten meinen Kollegen, was los sei. Er zeigte ihnen die Kiste, auch sie waren beeindruckt. Als ich mich gefangen hatte, stieg ich wieder ein, kurz darauf fuhr der Zug ab. Woher die ominöse Kiste stammte und für wen sie bestimmt war, erfuhr ich nie.

Ich versuchte stets, meine Arbeit so gut wie möglich zu erledigen. Doch es kam auch vor, dass sich das Ladepersonal in die Wolle bekam. Es drehte sich dabei meist um die Be- und Entladung von Reisegepäck und Expressgut, das wir mitnehmen sollten, obwohl es für unsere Züge nicht vorgesehen war. Ein Orts-Lademeister aus Hamburg warf mir mal vor, ich sei »nicht richtig im Kopf«, weil ich beschädigtes Expressgut nicht mitnehmen wollte. Ich erklärte ihm, dass die Transport- und Beförderungsbestimmungen dies untersagten. Bei einer erneuten Fahrt nach Hamburg lief mir dieser Kollege wieder über den Weg. Er entschuldigte sich, es sei nicht so gemeint gewesen.

Bei einer anderen Reise mit dem Expresszug zwischen Hamburg und Kassel kam kurz vor Hannover ein Kollege auf die Idee, eine Gummipuppe aus einem Karton für Sexartikel zu nehmen und sie aufzublasen. Wir stellten sie an ein Fenster, so dass jeder sie beim Halt im Bahnhof Hannover vom Bahnsteig aus sehen konnte. Es war gerade Urlaubszeit, wegen des Wochenendverkehrs herrschte zusätzlich Andrang. Reisende entdeckten unseren merkwürdigen Passagier, zeigten mit dem Finger darauf und lachten – wir lachten mit.

Zur Jahresmitte 1982 bekam ich die Möglichkeit, mich für den mittleren Beamtendienst zu bewerben. Aber man sagte mir auch gleich, sollte ich diese Vorprüfung und den Test dafür bestehen, müsste man mich nach Frankfurt/Main in die Verwaltung versetzen. Da ich aber keine Lust auf die Verwaltung hatte, musste ich mir was einfallen lassen. So weit sollte es aber nicht kommen, denn mein Dienststellenleiter sagte mir wenige Tage später, dass ich einen festen Dienstposten auf der Dienststelle bekommen würde, somit war die Beamtenlaufbahn für mich erledigt. Ich nahm natürlich den Dienstposten auf meiner Dienststelle an.

Es machte sich das Gerücht breit, dass der Zugladedienst eingestellt werden soll. Was nun? Ich fragte meinen Dienststellenvorgesetzten um Rat. Ich solle mir keine Sorgen machen, er würde schon eine Arbeit für mich finden, beruhigte er mich. Bis Ende Mai 1985 fuhr ich noch als Fahrladeschaffner, dann wurde der Ladedienst im Zug tatsächlich eingestellt.

Schon zuvor hatte mich mein Chef gefragt, ob ich mir auch vorstellen könne, als Zugschaffner für Reisezüge zu fahren. Vorstellen konnte ich mir dies sehr gut, doch ich bat um einen guten Ausbilder für meine neue Aufgabe. Während dieser Ausbildung, die vier Wochen dauerte, lernte ich viel über Fahrkarten und das Preissystem. Verkehrsgeografie sowie Streckenkunde fielen weg, das musste ich schon als Ladeschaffner beherrschen. Auch im Rangierdienst kannte ich mich aus.

Die vier Ausbildungs-Wochen gingen schnell vorüber. Im Juli 1985 stand die Prüfung an, die ich bestand. Nun war ich Zugschaffner für Reisezüge. Nachdem ich mit allem ausgerüstet war, was ich brauchte, meldete ich mich beim Fahrmeister, um meinen Dienst anzutreten. Anfangs kam ich wieder auf das Reservebrett, wo die Namen all der Mitarbeiter aufgelistet waren, die noch keine Planfahrer waren und keinen eigenen Dienstplan hatten. Vom Fahrmeister bekam ich alle Schaffnerpläne, als Reservist musste ich das fahren, was als Leistung auf dem Reservebrett stand.


Ich fuhr zu Beginn lediglich im Nahverkehr. Nach einer gewissen Zeit durfte ich auch Eilzüge bis hin zu D-Zügen fahren. Meine erste Fahrt führte mich mit einem Eilzug in die »Übernachtung«, eine Arbeitsunterbrechung von mehr als fünf Stunden, nach Düsseldorf. Ich ließ es langsam angehen, war dies doch eine ganz neue Welt für mich. Der Zugführer wusste, dass ich ein Anfänger war. Damals wurden die Fahrkarten noch handschriftlich ausgestellt oder für Strecken bis 100 Kilometer Abreißfahrkarten ausgegeben. Ich hatte bis Düsseldorf schon einige Fahrkarten aus meinem Block verbraucht, weil ich mich manchmal verschrieben hatte und neue Karten ausstellen musste. Das verlangte immense Konzentration, denn ich musste mir alle Informationen aus Büchern, die ich bei mir trug, heraussuchen. Je öfter ich als Schaffner fuhr, je besser und sicherer wurde ich – auch in meinem Auftreten gegenüber den Reisenden. Ab und zu schaute ich den Zugführern über die Schulter, irgendwann wollte ich einer von ihnen werden.

Weil die Zugführer bemerkten, dass es mir ernst war und ich keine Ruhe gab, unterstützten sie mich. Der Weg zu meinem Ziel war freilich nicht leicht, ich musste einiges lernen. Doch mein Wille war stark. Ich kaufte mir bei der Eisenbahnfachschule die Bücher, die ich für diese Ausbildung brauchte: die Fahrdienstvorschrift, das Signalbuch, die Reisezugbildungsvorschrift. Damit begann ich, selbständig zu lernen. Wichtige Inhalte notierte ich mir auf Zettel, sodass ich sie nachlesen konnte.

Mitte 1986 nahm ich mir vor, den Fahrmeister zu fragen, ob ich nicht Zugführer werden könnte. Er wollte dies mit dem Oberfahrmeister und dem Bahnhofs-Chef besprechen. Es verging einige Zeit. Da bekam ich Bescheid – und der war positiv! Die Ausbildung sollte vier Wochen dauern. Ich lernte unter anderem, wie eine Wagenliste zu erstellen ist. Die Angaben dafür standen an den Reisezugwagen, aus der Wagennummer konnte man ersehen, aus welchem Land die Wagen kamen und ob sie in ganz Europa zugelassen waren.

Ich lernte auch, wie eine Bremsberechnung für den Zug erstellt wurde und der Bremszettel auszufüllen war. Daten dafür bekam ich aus dem Fahrzeitenheft und meiner Wagenliste. Ich musste mir auch die Kuppelstellen, an der die Fahrzeuge aneinandergehängt und alle benötigten Teile miteinander verbunden werden, genau ansehen und prüfen, ob alles richtig gekuppelt war. Die Kupplungssysteme von E-Loks und Diesellocks unterschieden sich. Wenn ich Fragen hatte, wurden die mir von den Lokführern bereitwillig beantwortet.

Auf den Unterwegsbahnhöfen hatte ich Zeit, mir den Standort der Signale und andere Bahnhofsanlagen anzuschauen. Nach den vier Wochen Ausbildung zum Zugführer sollte ich vom zweiten Bahnhofs-Chef geprüft werden. Als es so weit war, schaute er in die Unterlagen und stellte fest, dass ich nur die Ausbildung für den Reisezugverkehr absolviert hatte, es gehörte aber auch eine Ausbildung im Güterzugverkehr dazu, da wir auch Güterzüge begleiteten. Er konnte mich also nicht prüfen. Ich war enttäuscht, doch ich ließ mich nicht entmutigen.

Ich besorgte mir alle Unterlagen über Güterzugwagen sowie die Güterzugbildungsvorschrift. Nach einem Vierteljahr intensiven Lernens war ich bereit für eine erneute Prüfung. Das teilte ich meinem Betriebsrat mit, der mit mir erneut zum Bahnhofs-Chef ging. Auf meine Frage, ob er mich jetzt prüfen könne, bekam ich eine überraschende Antwort: Er könne mich nicht mehr prüfen, da wir jetzt keine Güterzüge mehr begleiten und es für eine Prüfung für Reisezüge zu spät sei, da die Ausbildungsfrist abgelaufen sei. Ich war sauer, niemand hatte mich über eine Frist für die Ausbildung und Prüfung informiert. Der Fahrmeister beruhigte mich: »Du bekommst noch deine Chance!« Ich fuhr zunächst weiter als Schaffner.

Die Zugführer begleiteten auch Truppenzüge der Bundeswehr. Da ich die Ausbildung zum Zugführer hatte und lediglich nicht geprüft worden war, erlaubte mir der Fahrmeister, als Beimann mitzufahren und im Truppenzug während der Fahrt die Aufsicht zu übernehmen. Manchmal übernahm der Lokführer zusätzlich Aufgaben eines Zugführers.

Ich nahm meine Arbeit als Schaffner sehr ernst, erledigte meine Aufgaben äußerst genau. Während meiner Kontrollen stellte ich fest, dass es immer wieder Reisende gab, die versuchten, die Bundesbahn (und mich) zu betrügen. Entweder besaßen sie keinen oder einen ungültigen Fahrschein, solche Schwarzfahrer ertappte ich vor allem auf meiner Hausstrecke Kassel–Frankfurt über Marburg und Gießen. Studenten aus Marburg versuchten zum Beispiel, beim Semesterwechsel mit abgelaufenen Semestertickets zu fahren. Ich nahm ihnen den Fahrschein ab und kassierte den regulären Fahrpreis. Dass ich auf Ausreden nicht einging und hart durchgriff, machte die Runde. Einmal sprach mich auf der Strecke nach Frankfurt ein Kollege aus der Verwaltung der Bundesbahn in Frankfurt an, den ich gut kannte. Er berichtete, in den Unis von Marburg, Gießen, Frankfurt und Heidelberg hinge ein Foto von mir, darunter stünde: Deutschlands härtester Schaffner – gerecht zu allen!

Im Spätsommer 1986 sollte ich meinen ersten Sonderzug als Schaffner betreuen, es ging nach Passau. Bei Dienstbeginn um 4.00 Uhr in Kassel-Rangierbahnhof ahnte ich noch nicht, dass einige Überraschungen auf mich warteten. Der Fahrmeister überreichte mir die Unterlagen, in denen aufgelistet war, was ich während der Reise zu tun hatte. Im Rangierbahnhof stand der Sonderzug mit elf Wagen. Vom Zugführer erfuhr ich, dass wir bis Volkmarsen einen Schienenbus mitnahmen. Nachdem alle Vorbereitungen abgeschlossen waren, ging die Fahrt los – über Obervellmar, Weimar, Korbach nach Bad Wildungen. Der Sonderzug war für die Strecke gebucht worden, da in dieser Region noch Fahrgäste zustiegen. Ich musste bis Volkmarsen im letzten Wagen bleiben, um die einsteigenden Fahrgäste in den Sonderzug und in den Schienenbus zu sortieren. In Volkmarsen wurde der Schienenbus abgehängt. In Bad Wildungen kam noch ein Reisezugwagen dazu. In Wabern war Lokwechsel, ich sollte die Diesellok abhängen. Dazu hatte ich keine Lust und dachte darüber nach, wie ich mich aus der Affäre ziehen könnte. Als der Lokführer der Diesellok aus seinem Fenster schaute, rief ich ihm zu, er müsse selbst abhängen, so würde es in den Unterlagen stehen. Darauf stieg er herunter und hängte ab. Nachdem ein Rangierer die E-Lok angehängt hatte, machte ich meine Bremsprobe und meldete den Zug fertig. Bevor der Sonderzug mit mir weiterfuhr, schaute der Lokführer der Diesellok aus dem Fenster und rief mir zu, ich hätte ihn schön reingelegt, er hätte gar nicht abhängen müssen. Ich konnte mir ein Grinsen nicht verkneifen.

Nach der Abfahrt des Sonderzuges musste ich die Fahrkarten kontrollieren. Ich sollte im letzten Wagen beginnen und meinem Zugführer entgegenkommen. Im ersten Abteil des letzten Wagens saßen sechs Frauen im Alter zwischen Mitte 30 und Anfang 40. Sie waren leicht angetrunken. Sie sprachen mich an und beklagten, sie könnten keine Musik hören, da der Drehknopf fehle. »Das kriegen wir schon wieder hin!«, antwortete ich dienstbeflissen. Ich stieg auf beide Seiten der Sitze, um an den Drehknopf heranzukommen. Die Damen hatten den Knopf offenbar abgedreht. Als ich so breitbeinig dastand, griff mir einer der Frauen in den Schritt und rief: »Der ist gut, der hat was in der Hose!« Die Damen lachten sich krumm. Ich fand das freilich nicht komisch, sprang herunter und flüchtete in mein Dienstabteil. Mein Zugführer, dem ich die Geschichte erzählte, lächelte: »Jetzt hast du deine Schaffnerprüfung bestanden!« Da konnte ich auch wieder lachen.

In Passau angekommen fuhren wir ohne Dienst, also lediglich als Fahrgäste mit dem ersten Zug zurück nach Kassel.

In jenem Jahr musste ich zum ersten Mal an Heiligabend und am ersten Weihnachtsfeiertag arbeiten, dafür bekam ich Silvester und Neujahr frei.

Mitte 1986 sollten wir einen neuen Dienststellenleiter bekommen, da der alte in den Ruhestand ging. Wo der Neue herkam, wusste ich nicht. Ihm eilte der Ruf voraus, er habe stets ein offenes Ohr für seine Mitarbeiter, er könne gut zuhören und mit Problemen umgehen. Eines Tages rief der Fahrmeister mich und einen Kollegen zu sich und sagte, wir mögen zum Chef kommen. Wir gingen mit gemischten Gefühlen. Doch der neue Chef war tatsächlich freundlich und fragte uns, ob wir ihm aus einer schwierigen Lage helfen könnten. Im Rangierdienst gäbe es einen hohen Krankenstand, wir würden uns doch im Bahnhof auskennen, weil wir schon mal rangiert hätten … Wir willigten ein.

Drei Wochen lang arbeiteten wir als Bahnsteigrangierer. Das führte zu dem Gerücht, wir beide hätten Fahrgelder unterschlagen und müssten zur Strafe rangieren. Ich beschwerte mich beim Betriebsrat, der ging mit mir zum Chef. Der ließ sofort ein Schreiben aufsetzen, in dem stand, dass wir zur Aushilfe im Rangierdienst eingesetzt seien. Dieses Schreiben wurde im Aufenthaltsraum aufgehängt, damit es jeder lesen konnte.

Drei Tage später sollte ich für den Rangiermeister einen Auftrag übernehmen, und zwar zur selben Zeit, in der ich einen eigenen Arbeitsgang zu erledigen hatte. Da beides nicht mit einem Mal machbar war, lehnte ich den Auftrag des Rangiermeisters ab. Nach der Arbeit rief er mich zu sich auf die Bude. »Das war Arbeitsverweigerung, wenn du etwas anderes behauptest, bekommst du eine aufs Maul!« Statt darauf zu antworten, erzählte ich dies meinem neuen Chef. Er holte den Betriebsrat hinzu und berichtete von dem Vorfall. Mit dem Versprechen »Wir kümmern uns darum!« konnte ich gehen. Später hörte ich, dass der Rangiermeister wegen seiner Äußerung ein Problem bekommen hatte.

Zu einer Herausforderung wurde ein Pilger-Sonderzug nach Rom. Zum Dienstbeginn um 17.30 Uhr stand der Zug schon auf Gleis 4 in Kassel-Hauptbahnhof bereit. Er hatte elf Liegewagen. Da er keine eigene Beschallung besaß, hatte mein Bruder, der als Fernmeldetechniker bei der Bahn arbeitete, eine solche Anlage im gesamten Zug einbauen müssen. Im letzten Wagen wurde ein Altar errichtet. Als alle Vorbereitungen erledigt waren, ging die Reise los. Unsere Haltebahnhöfe waren Bad Hersfeld, Hünfeld, Fulda und Flieden. In Fulda sollte der Pastor zusteigen. Als er endlich kam, stellten wir ein technisches Problem fest: Hochwürden passte wegen seiner Körperfülle nicht durch die Wagentür. Wir entschieden, ihn mit zwei Bohlen am Wagenende einsteigen zu lassen. Ich öffnete die Stirnwandtür, die breiter als die normale Einstiegtür ist, wir legten die Bohlen an und Hochwürden konnte einsteigen. Das dauerte fast zwanzig Minuten, endlich konnte die Fahrt nach Rom weitergehen. Der Zugführer und ich fuhren bis Salzburg mit, dann ging es ohne Dienst wieder zurück.

Nachdem einige Zeit vergangen war, wollte ich erneut einen Versuch wagen, Zugführer zu werden. Ich bat um ein Gespräch bei unserem neuen Dienststellenleiter und erzählte ihm, dass ich schon einmal eine entsprechende Ausbildung gemacht hätte, aber nicht geprüft worden war, weil die damaligen Vorgesetzten stets neue Ausreden parat hatten. Er versicherte, er werde sich der Sache annehmen. Kurz vor Jahresende erfuhr ich, dass ich eine neue Ausbildung bekommen sollte. Sie war von der Zentrale in Frankfurt genehmigt worden. Noch vor Weihnachten kam die frohe Botschaft, dass meine neue Zugführer-Ausbildung am 1. Januar 1989 beginnen würde. Ich freute mich, auch darüber, dass der neue Chef sein Wort gehalten hatte.

Am 1. Januar ging es tatsächlich los. Der Fahrmeister hatte mir für die nächsten vier Wochen Schichten herausgesucht, in denen ich gefordert werden sollte. Die Kollegen, die ich begleiten musste, machten sich ein schönes Leben und ließen mich die ganze Arbeit machen. Da ich die Zugführerausbildung schon hinter mir hatte, konnten sie sich sicher sein, dass ich mich auskannte. Mir machte es nichts aus, im Gegenteil, es bereitete mir viel Spaß, sollte doch endlich mein Traum, Zugführer zu werden, in Erfüllung gehen.

Am 8. Februar 1989 war für 10.00 Uhr die Prüfung angesetzt. Außer mir waren der Betriebsrat, der Fahrmeister und mein Chef dabei. Die Prüfung dauerte anderthalb Stunden, die Fragen gingen durch alle nur möglichen Details, mein Chef machte es mir als Prüfer nicht leicht. Danach überbrachte er mir die erlösende Nachricht: »Sie haben bestanden!« Betriebsrat und Fahrmeister gaben auch grünes Licht »Den Rest holt er sich draußen, wenn er fährt!«, meinte der Betriebsrat. Ich freute mich riesig, dass mein lang gehegter Traum in Erfüllung gegangen war. Von nun an durfte ich alle Züge fahren. Nun bekam ich auch alle Zugführerdienstpläne. Da ich noch keinen eigenen Dienstplan hatte und noch auf dem Reservebrett als Zugschaffner stand, wurde mein Name jedoch mit einem roten Strich versehen, der anzeigte, dass ich Zugführer war. Meine erste Fahrt in dieser Funktion war ein Nahverkehrszug von Kassel nach Bebra und zurück.

Anfang Oktober 1989 kam die Wiedervereinigung beider deutscher Staaten. In dieser Zeit wurden zusätzlich Züge eingesetzt, die täglich zwischen Bebra und Kassel oder zwischen Bebra und Frankfurt/Main fuhren.

Sie waren voll bis unters Dach. Ich fand es schön, den Menschen aus der DDR zu helfen, die neue Freiheit zu genießen. Als frischgebackener Zugführer war ich bei diesem historischen Ereignis jeden Tag im Einsatz. Das einzige Problem: Wir konnten wegen Überladung keine volle Geschwindigkeit fahren, 60 bis 80 Stundenkilometer waren das Maximum.

Am 5. Dezember 1989 fuhr ich zwischen Bebra und Frankfurt. Nach der Abfahrt in Frankfurt kontrollierte ich, ob alles in Ordnung war. Da hörte ich ein Kinderweinen aus einem Abteil. Darin saßen ein Ehepaar und eine Mutter sowie zwei Jungen, etwa sieben oder acht Jahre alt. Jedes Kind hatte ein Auto, doch während der eine stolz auf einen großen Laster aus Plastik war, musste sich der andere mit einem viel kleineren Matchbox-Auto zufriedengeben, er weinte. Ich öffnete die Abteiltür und fragte: »Kann ich helfen?«

»Vielleicht ...«, antwortete eine der beiden Frauen.

Ich erklärte dem Kleinen, dass es sein Auto auch in Wirklichkeit gibt und auf den Straßen fährt. Da war er auf einmal zufrieden und seine Augen strahlten. Bis kurz vor Bebra unterhielt ich mich mit den Leuten in dem Abteil. Wir tauschten die Adressen. Ich verabschiedete mich, wünschte eine gute Reise und ein frohes Weihnachtsfest. Zu Hause erzählte ich von meiner Begegnung im Zug. Der Familienrat beschloss, dass wir den Kindern ein Päckchen schicken. Das führte dazu, dass wir bis heute befreundet sind und uns gelegentlich besuchen.

Die zusätzlichen Fahrten nach der Grenzöffnung hielten bis ins neue Jahr an, erst dann normalisierte sich die Lage allmählich wieder.

Jedes Mal, wenn ich unter der Woche mit dem ersten Interregio ab 6.00 Uhr von Kassel-Wilhelmshöhe nach Düsseldorf unterwegs war, kam ich nach Lippstadt. Dort stieg eine Grundschullehrerin ein, die bis Soest fuhr. Kurz vor dem dortigen Bahnhof musste ich meine Ansage machen. Zum Spaß sagte ich »Söst«. Nach der ersten Ansage dieser Art kam die Grundschullehrerin zu mir ans Abteil, um mich zu belehren, dass es »Sost« ausgesprochen werde, das »e« wäre ein eingefügter Dehnungsbuchstabe. Meine Stammgäste warteten jedoch stets auf die Ansage »Söst«. Die Lehrerin gab es nach einiger Zeit auf, mich zu belehren.

Der Feiertagsplan für Ostern 1990 kam heraus, ich hatte zu arbeiten. Tagesübernachtung in Lörrach stand an. Am frühen Abend, etwa um 17.30 Uhr, ging ich zur Verladestelle und traf meine Vorbereitungen für den Autozug 9678 nach Hamburg. Nach einem Gespräch mit meinen Schlaf- und Liegewagenschaffnern sah es so aus, dass der ganze Zug ausgebucht war, laut Ladeliste war alles reserviert. Schauen wir mal, was auf uns zukommt!, sagte ich mir. Der Zug bestand aus drei Schlaf- und drei Liegewagen sowie den Autowagen für Hamburg, Bremen, Hannover. Ab Karlsruhe-Durlach kamen noch ein Autowagen nach Hamburg und einer nach Bremen hinzu. Die ersten Autos kamen schon auf die Ladestraße in Lörrach gefahren, es mussten laut meiner Papiere zwanzig Autos für Hamburg, acht für Bremen und acht für Hannover sein. Doch es waren vier Autos zu viel, damit waren wir überbucht. Ich nahm trotzdem alle Autos mit. Nachdem wir sie verladen hatten und die Reisenden eingestiegen waren, sortierte ich die Fahrgäste im Zug. Es dauerte seine Zeit, bis ich für jeden ein Bett gefunden hatte. Doch alles ging gut, auch für die in Karlsruhe zusteigenden Fahrgäste waren noch Betten frei (für evtl. Engpässe hatte ich in jedem Wagen noch ein Sonderabteil zur Verfügung). So konnten wir losfahren. In Kassel-Rangierbahnhof verließ ich den Zug um 2.30 Uhr, mein Dienst war beendet. In den nächsten Tagen wartete eine angenehme Überraschung auf mich. Ein Fahrgast, ein Internist aus Kiel, bedankte sich bei mir in einem Schreiben an die Bundesbahndirektion Hamburg-Altona:

*Betrifft: Belobigung für den Zugführer Klaus Kilian, Bhf. Kassel-Hbf.*
*Bezug: Zug Nr. 9678 am 21.4.90 von Lörrach nach HH- Sternschanze*

*Sehr geehrte Damen und Herren,*

*am 21.4.90 habe ich mit meiner Familie den Autoreisezug »Hochrhein« von Lörrach in Richtung Hamburg benutzt. Der Autoreisezug war eindeutig überbucht, sodass wir in das von uns komplett bezahlte und mit vier Personen benutzte Liegewagen-Abteil im Wagen Nr. 59 von dem Wagenschaffner 2 weitere (dazu sehr unverschämte) Personen zugewiesen bekamen. Da die neuen Reisenden sich sehr arrogant, fordernd und überhaupt nicht einfühlend benahmen, bestanden wir darauf, dass sie ausquartiert wurden. Gleichzeitig erklärten wir uns bereit,*

*im Falle der Überbelegung gern andere Gäste hinzuzunehmen, um diesen zu helfen. So wurde uns ein dänisches Ehepaar zugewiesen, das wegen Überbuchung im Schlafwagen keinen Platz gefunden hatte. Wir hätten uns sicher mit ihnen arrangiert.*
*Dem Zugführer Klaus Kilian aus Kassel habe ich den Sachverhalt erklärt und ihn gebeten, uns von Anfang an behilflich zu sein. Zusammenfassend hat er es fertiggebracht, das unverschämte Pärchen und das dänische Ehepaar wunschgemäß (d. h. im Schlafwagen) unterzubringen, sodass wir wieder unser Abteil für uns hatten.*
*Herr Kilian hat sich durch freundlichen Umgang, Umsicht, Hilfsbereitschaft und viel Verständnis ausgezeichnet. Er behielt die Übersicht und hatte die Lage bis zur Abfahrt des Zuges geklärt.*
*So sehr ich mich über das Problem der Überbuchung beklagen möchte, das nach Auskunft von Herrn Kilian am Ostermontag noch viel schlimmer gewesen sei, so möchte ich, statt zu meckern, auch einmal einen Bahnbeamten loben, der sich umsichtig und sachverständig gezeigt hat. Abschließend stellt sich mir die Frage, ob sich dieses Problem nicht mühelos mit einem PC-Programm im Abfertigungsgebäude lösen ließe.*

*Mit freundlichen Grüßen*
*Prof. Dr. …, Internist aus Kiel*

Anfang der 90er-Jahre wurden die ersten ICE-Züge in Dienst gestellt. Ich nutzte die Gelegenheit, mir solch einen Zug anzuschauen, als er in Kassel-Hauptbahnhof stand. Ich staunte über die Computer und die moderne Ausstattung. Unsere Dienststelle bildete die ersten Kollegen für die neuen ICE-Züge aus, ich hatte jedoch noch keine Lust darauf, wollte lieber weiter meine lokbespannten Züge fahren – das war noch echte Eisenbahn!

Anfang der 90er-Jahre wurde die Neubaustrecke zwischen Hannover und Würzburg über Kassel eingeweiht, die erste dieser Art in Deutschland. Während meiner Bahnmeistereizeit in Hannoversch Münden hatte ich mit den Landmessern einen Teil der Strecke vermessen, ohne zu ahnen, was dies einmal werden würde.

Am 1. September 1990 überreichte mir mein Chef die Urkunde über meine Unkündbarkeit. In jenem Jahr fuhr ich einen Sonderzug nach Bremen, dessen Gesellschafter der Regierungspräsident aus Kassel war. Schon früh hatten seine Leute die Vorbereitungen im Zug getroffen, Essen und Trinken eingeladen, sodass wir pünktlich zur geplanten Abfahrtzeit mit allem fertig waren. Die Fahrt ging über Warburg, Altenbeken, Hannover zum Zielbahnhof Bremen. Dort angekommen hatten ich und mein Kollege bis um 18.00 Uhr Zeit, um uns die Stadt anzuschauen. Gegen 19.00 Uhr war die Rückfahrt angesagt. Unterwegs sprach mich der Regierungspräsident an: »Das Bier ist alle!« Er bat mich, unterwegs neuen Gerstensaft zu beschaffen. Versprechen konnte ich nichts, doch ich wollte es versuchen.

Da wir über Hameln fuhren und sich dort eine Brauerei befand, plante ich, dort anzuhalten und »nachzutanken«. Ich ließ von Hannover aus in Hameln beim Fahrdienstleiter anrufen und teilte ihm unseren Plan mit. Mit einem weiteren Anruf bestellte ich bei der Brauerei 150 Liter Bier. In Hameln stand es prompt am Bahnsteig. Wir luden ein, bezahlten und fuhren weiter nach Kassel, wo wir um 23.00 Uhr ankamen. Der Regierungspräsident bedankte sich: »Auf Wiedersehen bis zum nächsten Mal!«

Im Oktober 1990 war der Zirkus *Krone* zu Gast in Kassel. Er hatte einen eigenen Zug, ich sollte das Vergnügen haben, ihn nach dem Gastspiel als Terminfracht nach Nürnberg zu bringen. Ich hatte zwar schon Bekanntschaft mit Flamingos und einem Tiger gemacht, gleichwohl war dies für mich eine Premiere, denn in diesem Zug befand sich ein ganzer Zoo aus Elefanten, Lamas, Kamelen und anderen Tieren. Um 22.00 Uhr war Dienstbeginn in Kassel-Hauptbahnhof, mit der Straßenbahn fuhr ich nach Bettenhausen zum Güterbahnhof. Dort waren die ersten Wagen von den Zirkus-Mitarbeitern beladen worden. Ich meldete mich beim Fahrdienstleiter, der mir die gesonderten Papiere und den Fahrplan gab und ankündigte, dass ich noch drei Loks bekommen werde, weil der Zug etwa 2000 Tonnen haben würde. Ich schrieb die Wagen, so wie sie vom Rangierdienst an den Zug angehängt wurden, in eine Wagenliste. Am Ende wurden die Waggons mit den Tieren und zwei Reisezugwagen für die Zirkusarbeiter angekoppelt. Nach und nach kamen die Loks. Zunächst zwei Dieselloks, dann eine 151er E-Lok. Die Einteilung war: Dieselloks nach vorn bis Kassel-Rangierbahnhof, E-Lok an den Schluss zu den Reisezugwagen, sie fuhr somit von

Kassel bis Nürnberg an der Spitze, da wir den Bahnhof in umgekehrter Reihenfolge verließen. Mein Reisegüterzug hatte nicht nur das enorme Gewicht von 1890 Tonnen, er war zudem mächtig lang. Laut Fahrplan sollte er um 8.30 Uhr in Nürnberg sein. Ich kam sehr schnell durch die Nacht und war schon um 7.50 Uhr am Hauptbahnhof in Nürnberg. Der dortige Bahnsteig war voll mit Reisenden. Ich stieg aus und fragte die Aufsicht, wann ich zum Güterbahnhof fahren kann. In dem Moment machten sich die Elefanten mit einem lauten Trompeten bemerkbar, die Leute, die in der Nähe standen, erschraken. Wir lachten. Dann ging es weiter, wie geplant kam ich um 8.30 Uhr im Güterbahnhof an. Das Jahr 1990 ging ohne weitere solcher Großereignisse vorüber.

Im März 1991 musste ich zum ersten Mal einen Bahninternen Erste-Hilfe-Kurs besuchen, er bot für mich nichts Neues, doch eine Auffrischung dessen, was ich früher beim Rettungsdienst gelernt hatte, tat gut. Von Zeit zu Zeit musste ich weitere Lehrgänge besuchen, um als Zugbegleiter stets auf dem neuesten Stand zu sein. Zweimal im Jahr absolvierte ich meinen einfachen Verkehrs- und Betriebsunterricht, der zur Auffrischung und Erneuerung meines Wissens diente.

Am 1. April stand mein 25-jähriges Dienstjubiläum an. War ich tatsächlich schon so lange bei der Bahn? Ich konnte es kaum glauben, doch es war Realität. Was hatte ich in dieser langen Zeit nicht alles erlebt und gesehen!
  Am selben Tag feierte ein Kollege sein 40-Jähriges, wir beschlossen, unsere Jubiläen gemeinsam zu begehen,

und zwar in einem Nebenraum unserer Kantine. Unser Dienststellenvorgesetzter hatte für 10.00 Uhr die Ehrung für uns beide angesetzt, etwa 12 Kollegen aus dem Zugbegleitdienst waren unsere Gäste. Der Betriebsrat sowie die beiden Fahrmeister richteten ein paar Worte an uns, auch unser Chef hielt eine kleine Rede und zeigte die beiden Personalakten, wobei meine im Vergleich zu der meines auf den ersten Blick deutlich erfahreneren Kollegen viel dicker war. Der Grund war, dass ich verschiedene Dienststellen durchlaufen und auch eine andere Ausbildung hinter mir hatte. Unser Chef dankte uns im Namen der Bundesrepublik und der Deutschen Bundesbahn für unsere Dienste und wünschte uns für die Zukunft alles Gute.

Mitunter hatte ich auch nette Begegnungen mit Reisenden. Eine solche erlebte ich am 22. Mai 1991 auf der Fahrt mit dem Interregio von Hamburg nach Kassel. Während eines Aufenthalts von etwa vier Minuten in Göttingen wollten sich ein paar Reisende die Füße vertreten. Sie blieben in der Nähe des Zuges. Nach meinem Achtungspfiff für die Weiterfahrt stiegen sie wieder ein. Kurz darauf kam eine Frau angelaufen und berichtete aufgeregt, ihr Mann sei nicht im Zug. Ich versprach ihr, dass ich mich darum kümmern würde. Ich rief die Aufsicht in Göttingen an. Der Vermisste hatte sich bereits gemeldet. Ich veranlasste, dass er mit einem anderen Zug – ohne dass er eine neue Fahrkarte kaufen musste – zu seinem Zielbahnhof in Friedberg/Hessen gelangte. Für meine Mühe bedankte sich das Paar später mit einem netten Brief.

> Bad Oeynhausen d. 29. Mai 91
>
> Sehr geehrter Herr Kilian!
>
> Erinnern Sie sich noch an uns? Wir sind das ältere Ehepaar aus Bad Oeynhausen auf der Reise zu unseren Kindern nach Friedberg. Bei dem Mißgeschick meines Mannes auf dem Bahnhof in Göttingen haben Sie durch Ihre Flexibilität den Überblick behalten u. uns somit viel Sorge erspart. Ganz herzlich möchte ich mich nochmals bei Ihnen bedanken. Auch mein Mann war voll des Lobes über die Göttinger Kollegen. "Ja, ja wenn einer eine Reise tut!"
> Nochmals ganz herzlichen Dank für Ihre Hilfe u. beste Grüße,

Im August 1991 musste ich ein Seminar im Münsterland belegen, das Thema war die Neubaustrecke zwischen Hannover und Würzburg sowie die dafür vorgesehenen neuen Richtlinien und die an den Wagenenden angebrachten neuen Übergänge für die Drucktüchtigkeit bei Tunnelfahrten. Das Seminar und das Essen waren gut, das Freizeitangebot nicht, ich konnte immerhin ein paar Ideen für meine Arbeit mit nach Hause nehmen.

Im Dezember 1991 hatte ich das Vergnügen, gemeinsam mit einigen Kollegen eine Tunnelreise auf der im Seminar besprochenen Schnellfahrstrecke Kassel-Würzburg unternehmen zu dürfen. Bei einem Lehrgang sollten wir das Retten, Bergen und Evakuieren von Reisenden im Tunnel lernen. Unter anderem bekamen wir einen Text, den wir, falls es zum Evakuieren kommt, wortgenau ablesen sollten, freie Wortwahl war verboten. Im Ernstfall mussten wir zudem die Richtung bestimmen können, um aus dem Tunnel zu gelangen. Alle Eventualitäten wurden durchgespielt: Feuer, Entgleisung und weitere Unglücksfälle. Nach diesem Mammutprogramm, das an einem einzigen Tag durchgezogen werden musste, war ich ziemlich erschöpft. Heute gibt es eine solche Ausbildung für Zugführer nicht mehr. Diese Ausbildung findet heute nur noch am Computer statt.

Ende 1991 gab es leichte Änderungen auf unserer Dienststelle, auch im Zugbegleitdienst bekamen wir Kollegen aus den neuen Bundesländern. Sie kamen aus Eisenach, Erfurt, Nordhausen, später auch aus Leipzig und wurden zunächst als Schaffner eingeteilt, damit sie die Bundesbahn kennenlernen konnten.

Für das Jahr 1992 waren Lehrgänge für Zugführer der Bundesbahn geplant, damit sie das Streckennetz der Reichsbahn kennenlernten. Fuhren wir Züge in die neuen Bundesländer, mussten wir uns dort auskennen. Von meiner Dienststelle wurden 14 Zugführer zur Ausbildung geschickt. Für mich ging es im März 1992 mit dem Lehrgang in Gesecke in Westfalen los. Unser Lehrer kam aus Erfurt. Ein Kollege konnte es nicht lassen, ihn am ersten Tag nach dessen Vergangenheit zu fragen, er wollte wissen, ob der Lehrer bei der Stasi gewesen war. Er blieb gelassen und erzählte seine Geschichte, offenbar war er nicht bei der Staatssicherheit gewesen. Als das geklärt war, begann endlich die Ausbildung. Wir bekamen die Signale, Schilder und andere Zeichen der Reichsbahn erklärt. Auch lernten wir das Streckennetz im grenzüberschreitenden Verkehr kennen.

Ich konnte mir drei Streckenführungen für meine späteren Fahrten aussuchen. Die Prüfung für den Dienst im Netz der Deutschen Reichsbahn war im April 1992 vorgesehen. Der Prüfer kam von der Reichsbahndirektion Erfurt, er war der Chef unseres Lehrers aus Erfurt. Bis zum Mittag waren wir geprüft – alle hatten bestanden. Bevor wir nach Hause fuhren, bedankten wir uns bei unserem Lehrer mit einer Flasche *Metaxa* und einem Blumenstrauß für die gute Vorbereitung auf die Prüfung.

Zurück auf meiner Dienststelle fragte ich den Fahrmeister, wann ich die Reichsbahnstrecken, die ich mir ausgesucht hatte, befahren könne. Alle drei führten von Kassel nach Berlin, über Bebra, Erfurt, Halle, über Eichenberg, Nordhausen sowie über Göttingen, Braunschweig, Wolfsburg. Der Fahrmeister war einverstanden damit, dass ich diese Strecken befahre. Ich suchte mir die dazu passenden Züge heraus. Auf diesen Touren musste ich auf der Lok mitfahren, sodass ich mir bei der Einfahrt die Bahnhöfe und bei der Ausfahrt die Signalstellung ansehen konnte. Eine Signalstellung, wie ich sie dort kennenlernte, gab es bei der Deutschen Bundesbahn nicht. Die Hauptausfahrtsignale der Reichsbahn besa-

ßen zusätzlich vier gelbe Leuchten am Signalmast, unser Hauptausfahrtsignal besaß solche Leuchten nicht.
Auf diesen Fahrten fiel mir auf, wie marode es dort war, auch die Bahnhöfe waren in einem sehr schlechten Zustand. Das Schienennetz ließ arg zu wünschen übrig. Wie sollte daraus eine funktionierende Eisenbahn werden?

Zum Fahrplanwechsel bekam unsere Dienststelle in Kassel-Hauptbahnhof neue Verbindungen mit dem Interregio nach Dessau, Halle und Gera. Gera erschien mir wie das Ende der Welt.


Im September 1992 bekam ich die Gelegenheit, an einem Wochenende einen Dampfsonderzug zu fahren. Dass es der letzte dieser Art für mich sein sollte, wusste ich da noch nicht. Ich konnte mir einen Kollegen aussuchen, der mich begleitete. Geplant war eine große Rundfahrt durch Thüringen und Nordrhein-Westfalen. Der Sonderzug kam an einem Freitagabend in Kassel-Hauptbahnhof an. Die etwa 250 Teilnehmer reisten aus England, Schottland und Holland an. An dem Freitag zuvor bekam ich die Unterlagen für die zwei Tage, darin erfuhr ich, dass wir auf freier Strecke halten mussten, um den Teilnehmern das Fotografieren zu ermöglichen. Am Samstag, 9.00 Uhr, begann in Kassel-Hauptbahnhof der erste Teil der Sonderfahrt nach Meiningen in Thüringen. Mein Kollege und ich staunten über den Zug und seine Zusammenstellung: alte Reisezugwagen, ein Speise- und ein Packwagen, gezogen von zwei 44er Dampfloks.

*Dampflok der Baureihe 44.*
*Foto: Henschel-Museum Kassel*

Der Veranstalter der Sonderfahrt stellte eigenes Sicherheitspersonal. Mein Kollege und ich bekamen Funkgeräte, damit wir ständig erreichbar waren und Kontakt zu den Lokführern halten konnten. Offenbar war an alles gedacht, damit diese Reise gelang. Mein Kollege und ich erledigten alle Vorbereitungen, dann konnte das Abenteuer beginnen.

Während der Fahrt musste ich immer mal wieder an den im Fahrplan vorgegebenen Haltepunkten auf freier Strecke anhalten lassen, weil die Teilnehmer den Zug in der gewünschten Kulisse fotografieren wollten. Die Fahrt führte über Bebra, Gerstungen nach Eisenach. Dort legten wir eine Stunde Pause ein, damit die Reisenden, aber auch andere Schaulustige fotografieren konnten. Dann ging es weiter nach Gotha, Neudietendorf, Arnstadt, Plaue, in Richtung Oberhof zum Brandleitertunnel, mit seinen über 3000 Metern der längste Eisenbahntunnel Thüringens und der längste der Deutschen Reichsbahn der DDR. Hinter dem Tunnelportal hielt der Zug, so, dass alle aussteigen konnten. Die Sicherheitsleute sperrten einen großen Teil am Ausgang des Tunnels ab. Mein Kollege stieg auf die erste Lok, ich blieb bei den fotografierenden Reisenden am Tunneleingang. Sie wünschten sich, dass die erste Lok mit weißem und die zweite mit schwarzem Dampf aus dem Tunnel kommen sollten, Bahn-Fans nennen diese Prozedur »Tunnel-Scheinausfahrten«. Wir mussten zweimal fahren, weil es beim ersten Mal nicht geklappt hatte. Während dieser Halte auf freier Strecke bekamen wir Unterstützung vom Bundesgrenzschutz, da es nicht mehr wie früher eine Bahnpolizei gab.

Über Zella-Mehlis erreichten wir Meiningen. Dort angekommen, es war gegen 13.30 Uhr, stand der Bahnsteig voll mit Menschen. Laut Plan hatten wir einen Aufenthalt von zweieinhalb Stunden. In dieser Zeit sollte uns noch eine dritte Dampflok aus dem Meininger Ausbesserungswerk zugestellt werden, eine Holländische 23, die mit Girlanden und Blumen geschmückt zur Abfahrt bereitstand.

Beim Rangieren unterstützte uns ein Mitarbeiter aus Meiningen, da mein Kollege und ich keine Ortskenntnisse hatten. Nach Rücksprache mit der Reiseleitung konnte ich mir das Ausbesserungswerk anschauen, es ist das einzige für Dampfloks in Westeuropa. Dort werden diverse Dampfloks für Sonderzugfahrten instand gesetzt.

*Dampflok der Baureihe 23*
*Foto: Henschel-Museum Kassel*

Gegen 16.30 Uhr begaben wir uns auf die Rückfahrt über Arnstadt, Gotha, Mühlhausen, Leinefelde und Eichenberg, um 21.00 Uhr trafen wir in Kassel ein. Erschöpft fuhr ich nach Hause.

Am Sonntag trafen wir uns um 8.00 Uhr auf der Dienststelle. Der zweite Teil der Reise führte in Richtung Bad Bentheim an der holländischen Grenze. Die Wegstrecke und alles andere waren haargenau im Fahrplan und den übrigen Unterlagen beschrieben, darin waren auch die Uhrzeiten vermerkt, wann und wo ich halten lassen sollte. Diesmal war die Abfahrt für 9.15 Uhr angesetzt. Als wir auf den Bahnsteig kamen, stand dort der Zug bereits abfahrtbereit, erste Reisende trafen mit Sack und Pack ein. Wir beiden Zugbegleiter wurden wieder mit Funk ausgerüstet, alles andere kannten wir vom Vortag.

Neu war die Bespannung des Zuges, an der Spitze standen eine 44er und die holländische 23er Dampflok, am Schluss die zweite 44er. Wir fuhren laut Fahrplan ab. Nach kurzer Fahrt hielten wir in Hümme auf Gleis 1, die holländische 23er Dampflok bereitete Probleme, sie verlor Wasser. Unsere Reisenden machten aus der Not eine Tugend und nutzen die Gelegenheit für Fotos. Als der Schaden behoben war, konnten wir weiter bis Altenbeken fahren. Dort fand ein großes Eisenbahnfest statt, alle Teilnehmer unserer Sonderfahrt stiegen aus und liefen in Richtung eines Viadukts, ein Bauer hatte eigens dafür eine große Wiese zur Verfügung gestellt. Wir fuhren mit dem Zug rückwärts auf dem »falschen« Gleis über den Viadukt zum Einfahrtsignal und von da aus unter Volldampf aller drei Lokomotiven nach Altenbeken zurück in den Bahnhof. Diese Fahrt mussten wir Gott sei Dank nur einmal machen, da alle Fotografen begeistert waren. Am Bahnsteig tankten wir für die alten Reisezugwagen Wasser nach. Wir wussten bis dahin nicht, dass die Wasseranschlüsse auf dem Bahnsteig nicht an unsere Wagen passten, so mussten wir die Schläuche aneinanderhalten, um Wasser aufzunehmen. Dafür brauchten wir mehr Zeit als geplant, doch es ging alles gut. Nach dem Aufenthalt in Altenbeken fuhren wir über Bad Salzuflen, Detmold und Lage nach Herford. Dort riefen wir die Feuerwehr, die uns aus den Hydranten Wasser für die drei Dampfloks spenden musste. Das Betanken dauerte etwa zweieinhalb Stunden. Über Löhne und Melle ging es weiter nach Osnabrück-Hauptbahnhof. Auch dort gab es einen

Fototermin. Im Bahnhofsbereich führte eine Holzbrücke über die Gleise. Die wurde von unseren Reisenden und anderen Zuschauern benutzt, um gute Fotos zu schießen, eine Scheinausfahrt aus dem Bahnhof war angesagt. Als der Zug für seine Fahrt bereit war, bemerkte ein Mitarbeiter des Sicherheitspersonals, dass sich die Brücke leicht durchgebogen hatte, weil sich wohl zu viele Menschen darauf befanden. Das Hindurchfahren mit dem Zug war unter solchen Umständen nicht möglich. Daraufhin räumte die Polizei die Brücke, die Bahn-Fans mussten sich wohl oder übel neben die Gleise stellen. Dafür wurde ein Stück Gelände abgesperrt. Wir fuhren mit dem Zug einmal hin und her, dann waren die Fotos im Kasten. Nach gut anderthalb Stunden fuhren wir endlich weiter über Rheine zum Zielbahnhof Bad Bentheim. Dort angekommen übergaben wir unseren Dampfsonderzug den Kollegen aus Holland. Mein Kollege und ich fuhren über Hannover nach Kassel zurück, um etwa 22.00 Uhr hatten wir an diesem schönen Tag Feierabend. Für uns ist es trotz der vielen Arbeit eine bleibende Erinnerung.

Ende des Jahres 1992 kamen Gerüchte auf, man wolle die Reichsbahn und die Deutsche Bundesbahn zusammenführen und privatisieren. Die neue Bezeichnung solle, so hieß es, »Deutsche Bahn AG« lauten. Man redete auch darüber, dass es künftig zwei Gesellschaften, eine für den Nah- und eine weitere für den Fernverkehr, geben solle. Ich glaubte nicht so recht daran, wollte es auf mich zukommen lassen. Stattdessen freute ich mich, dass ich Weihnachten und Neujahr zu Hause verbringen konnte.

Auch im neuen Jahr nahmen die Gerüchte nicht ab,

ich machte mir meine Gedanken darüber, was die angekündigte Umstrukturierung wohl bedeuten könnte. Sollte die Bahn tatsächlich in private Hände kommen? Wer wäre der Richtige, der solch ein Unternehmen führen kann? Es gab nicht viele, die dazu in der Lage gewesen wären. Namen machten die Runde. Blieb die neue Bahn vielleicht doch im Besitz des Bundes? Würde sie in einzelne Gruppen aufgeteilt und von Managern aus der freien Wirtschaft geführt? Das hätte bedeutet, die alte Struktur, wie ich sie kennengelernt hatte, würde aufgelöst, alle Ämter und Direktionen wären dann weg. Wir Zugbegleiter stellten uns die Frage: Bleiben wir zusammen, werden wir aufgeteilt, wer wird unser neuer Ansprechpartner? Darf ich überhaupt noch alle Züge fahren? Ich war verunsichert, diskutierte mit meiner Familie darüber. Die Ungewissheit blieb. Zunächst fuhr ich meine Züge weiter, wie sie auf dem Reservebrett standen. Im Juni 1993 wurde ich zum Plan-Zugführer bestimmt, ich bekam einen eigenen Dienstplan, das Reservebrett war damit Vergangenheit.

Im November bekam ich Post von der Bundesbahndirektion Frankfurt: »Sehr geehrter Herr Kilian, ich danke Ihnen für die bei den Deutschen Bahnen geleisteten Dienste und würde mich freuen, wenn Sie auch künftig engagiert in der DB AG Abteilung Fernverkehr, Niederlassung Kassel, mitarbeiten. Mit freundlichen Grüßen, der Präsident.«

Damit war die Katze aus dem Sack. Für mich gab es keinen Nahverkehr mehr, auch Sonder- und Truppenzüge würde ich in Zukunft nicht mehr fahren. Stattdessen ausschließlich IR-, IC- und ICE-Züge. Ich musste mich also umstellen. Neue Aufgaben, neue Herausforderungen und eine große Verantwortung kamen auf mich zu. Positiv war für mich, dass ich eine »Stammschaffnerin«, die mich ständig begleitete, zugeteilt bekam. Wir kamen gut miteinander aus, die Zusammenarbeit machte Spaß.

Anfang 1994 wurden allmählich die Veränderungen, die die neue Bahn AG mit sich brachte, spürbar. Wir bekamen eine neue Chef-Etage mit einem neuen Vorstandsvorsitzenden, der kein Eisenbahner war, sondern aus der freien Wirtschaft kam. Eine erste Änderung war, dass wir als Zugbegleiter neue Dienstkleidung bekamen, Uniformen gab es von da an nicht mehr. Ein neues Logo, das die Tochter des neuen Vorstandsvorsitzenden gestaltet hatte, wurde ebenfalls eingeführt.

Der neue Chef schaute sich die Sozialräume und konzerneigene Übernachtungsräume für die Zugbegleiter an. Sie waren heruntergekommen, auch die Waschräume waren nicht mehr auf dem neuesten Stand. Nach der Besichtigung in Frankfurt gab es die Anweisung, dass alle Übernachtungen geschlossen werden sollten, es sei eine Zumutung für das fahrende Personal, dort zu schlafen. Das überraschte uns nicht, und es freute uns sehr, dass endlich etwas für uns getan wurde. Wir bekamen Zimmer in Hotels zugewiesen, seitdem mussten wir auch keine eigene Bettwäsche mehr mit zur Arbeit bringen.

Allmählich verschwanden unsere guten alten Vorschriften, sie wurden in »Richtlinien« umgewandelt. Es gab also keine Paragraphen und Gesetze mehr, nach denen wir uns richten mussten. Richtlinien werden lediglich intern angewandt, Gesetze und Vorschriften hingegen gelten überall, die alten Regelungen hatten uns Zugbegleitern mehr Sicherheit verschafft.

Nun hieß es für uns, noch besser aufzupassen und genauer hinzusehen. Der neue Chef hatte aber auch noch eine weitere Idee: Er wollte die alten Bahnsteigsperren wieder einführen, damit der Bahnsteig vom Verkaufsbereich getrennt ist. Gemeinsam mit vier anderen Kollegen erarbeitete ich eine Studie, an welchen großen und mittelgroßen Bahnhöfen man so etwas kundengerecht und kostengünstig umsetzen konnte. Ich führte außerdem in eigener Regie Umfragen in den Zügen des Fernverkehrs durch. Das Ergebnis: Bei 250 befragten Reisenden war die Meinung zur Einführung der Bahnsteigsperren sehr positiv. Das hatte ich nicht erwartet.

Auch auf unserer Dienststelle änderte sich einiges. Wir bekamen einen neuen Chef, der ausschließlich für den Fernverkehr zuständig war. Wir Zugbegleiter gehörten nicht mehr wie früher zum Bahnhof Kassel-Hauptbahnhof, denn auch das Zugbegleitpersonal wurde in Fern- und Nahverkehr unterteilt. Das gesamte Büropersonal verblieb beim Fernverkehr, der Nahverkehr bekam eigenes Büropersonal.

Im Mai 1994 bekam ich die Möglichkeit, den Original *Trans-Europ-Express (TEE)* der Deutschen Bundesbahn als meinen letzten Sonderzug zu begleiten.

*Der Trans-Europ-Express am 7. Mai 1994
im Bahnhof Bad Wildungen.*

Er war von der *Hütt*-Brauerei Kassel-Baunatal gemietet worden, die Reise führte zum Ederseefest nach Hemfurth. Im Zug saßen geladene Gäste: die Landräte der Kreise Kassel und Schwalm-Eder sowie einige Bürgermeister, deren Gemeinden an der Strecke lagen. Mein Schaffner und ich mussten keine großen Vorbereitungen treffen, da es sich um einen Dieseltriebzug VT601 handelte. Die Triebzüge benötigen keine Wagenliste, da sie nicht aus einer Lok mit Wagen zusammengestellt werden, sondern als Komplettzug fahren. Für den Service war die *Hütt*-Brauerei zuständig. Um 9.30 Uhr ging es Richtung Hemfurth, über Wabern, Wildungen, Wega. In Bad Wildungen wurden wir von einem Spielmannszug empfangen. Nach einem kurzen Gespräch mit dem Fahrdienstleiter über den weiteren Verlauf der Reise fuhren wir zum Privatanschluss der Preußen Elektra für

Hemfurth. An der dafür vorgesehenen Handweiche angekommen stiegen ich und zwei weitere Mitarbeiter aus, um die Weiche für den Anschluss zu bedienen. Doch das funktionierte nicht. Die Privatweiche ließ sich nicht bewegen. Vom Streckenfernsprecher aus informierte ich den Fahrdienstleiter und bestellte einen Schlosser, der die Weiche gangbar machen sollte.

Notgedrungen fuhren wir zurück nach Bad Wildungen. Nach der Ankunft im Bahnhof hatten wir eine Pause von etwa anderthalb Stunden eingeplant, es dauerte seine Zeit, bis der Schlosser die Weiche befahrbar meldete. Danach fuhren wir wieder Richtung Hemfurth, wir wollten noch vor Mittag dort sein. Nach der reparierten Weiche waren wir auf der Privatstrecke der Preußen Elektra, die das Kraftwerk am Edersee betrieb, unterwegs. Die ersten zweieinhalb Kilometer kamen wir gut voran, dann trat ein neues Problem auf: Eine Menge Menschen war auf den Beinen, darunter viele Fotografen, alle wollten unseren Zug sehen. Wann hat man mal schon die Gelegenheit, einen Original-*TEE* zu sehen? Wir mussten stellenweise anhalten, so groß war der Andrang. Ich lief mit einem Funkgerät vor unserem Zug her, auf den letzten Metern kam mir die Polizei zu Hilfe, sodass wir endlich unseren Bahnsteig erreichten. Statt wie geplant um 12.00 Uhr kamen wir um 13.15 Uhr an. Als alle Fahrgäste ausgestiegen waren, reinigten wir den Zug, dann hatten wir fünf Stunden Pause. Die Zugbesatzung ging zu Mittag essen und danach zurück zum Zug, um die Sicherung zu übernehmen, uns auszuruhen und die Rückfahrt vorzubereiten.

Gegen 17.00 Uhr trafen die ersten Fahrgäste wieder am Zug ein, unsere Rückfahrt war für 18.30 Uhr geplant, ich wollte den Fahrplan unbedingt einhalten, schließlich wusste ich nicht, was noch alles auf uns zukommen würde. Zum Glück waren alle rechtzeitig da, so konnten wir planmäßig abfahren. Bis zur Weiche tauchten wieder einige Hindernisse auf: zu dicht am Gleis abgestellte Autos, nah am Zug laufende Menschen, die wir nur mit dem Einsatz der freiwilligen Feuerwehr und der Polizei aus dem Weg räumen konnten. Nach der Räumung fuhren wir über Wildungen und Wabern zurück nach Kassel-Hauptbahnhof, wo wir um 21.30 Uhr eintrafen. Die Mitarbeiter der *Hütt*-Brauerei bedankten sich bei uns Zugbegleitern mit einem Geschenk: ein Bierglas mit dem Bild des *TEE* und zwei Kisten Schwarzbier.

Bei einer Fahrt zur Übernachtung in Konstanz hatte ich in Frankfurt/Main eine Begegnung der dritten Art in der 1. Klasse, und zwar mit einer Frau im schwarzen Kostüm, sehr groß, sehr schlank und sehr gut aussehend. Ich schätzte sie auf 35 bis 40, sie zog die Blicke der Manager auf sich, die zu dieser Zeit in den Feierabend fuhren. Sie bat mich um einen Fahrschein nach Offenburg. Ich stellte das Ticket aus, nannte den Preis. »Kann ich auch in Naturalien bezahlen?«, fragte sie. Ich war sprachlos. Die anderen Reisenden warteten gespannt, wie ich reagieren würde. Nach kurzem Nachdenken fiel mir die richtige Antwort ein. »Natürlich können Sie auch in Naturalien zahlen, aber dann müssen Sie mit nach Konstanz kommen, da hätte ich Zeit …« Sie staunte nicht schlecht, damit hatte sie wohl nicht gerechnet. Sie zahlte dann doch in bar, und ich wünschte ihr eine gute Reise.

Bis zum August 1994 tat sich nicht mehr viel. Meine alten Dienststellen wurden nach und nach aufgelöst, auch meine alte Frachtgutabfertigung, in der ich gelernt hatte, war bald nicht mehr, alle Frachten wurden von nun an auf die Straße verlagert. Mein Bruder, der auch bei der Bahn arbeitete, erzählte mir, dass er einen neuen Arbeitgeber bekomme, weil seine Dienststelle in Kassel geschlossen würde. So gingen die Veränderungen bei der Deutschen Bahn weiter.

Mein Fahrmeister fragte mich eines Tages, ob ich noch einen letzten Sonderzug nach Freilassing fahren würde, der Besteller sei die Ausbildungsgruppe der Sparkasse Fulda. Dienstbeginn wäre von Freitag- auf Samstagnacht, in aller Herrgottsfrühe, gegen 3.00 Uhr. Obwohl der *TEE* zum Edersee der letzte Sonderzug gewesen sein sollte, sagte ich zu. Und so begannen mein Schaffner und ich mit der Vorbereitung. Der Zug war nicht lang, er bestand nur aus vier Reisezugwagen und einem Tanzwagen. Die Abfahrt war für 3.30 Uhr geplant, wir fuhren über Bad Hersfeld zum ersten Haltebahnhof Hünfeld. Dort luden die Helfer der Ausbildungsgruppe Speisen und Getränke ein, dann ging es weiter mit Halt in Fulda, Neuhof und Flieden, wo die Letzten einstiegen. Traunstein sollten wir gegen Mittag erreichen. Während der Fahrt luden die Auszubildenden meinen Kollegen und mich ein, das Wochenende mit ihnen in Inzell zu verbringen. Ich sagte dem Fahrdienstleiter in Traunstein Bescheid, dass der Zug als Leerzug nach Freilassing weiterfährt, dort abgestellt wird und wir ihn am Sonntag in Übersee am Chiemsee wieder übernehmen würden. Für ihn war das in Ordnung, er wünschte uns einen schönen Aufenthalt. Mein Schaffner und ich stiegen in Traunstein als Letzte in den Bus, dann ging die Fahrt nach Inzell, in ein Hotel, das die Jugendlichen komplett gemietet hatten. Auch für mich und meinen Kollegen waren im Voraus Zimmer bestellt worden. An alles war gedacht, auch an einen schönen Abend. Am Sonntagnachmittag wurden mein Kollege und ich zusammen mit den für den Zug vorgesehenen frischen Brötchen in einem VW-Bus nach Übersee gefahren. Dort angekommen, setzte ich mich sofort mit dem Fahrdienstleiter in Verbindung, um den Sonderzug, der in Salzburg zur Reinigung abgestellt worden war, abzurufen, sodass wir ihn für die Rückfahrt fertig machen konnten. Um 15.00 Uhr waren alle Jugendlichen wieder da, wir konnten Richtung Kassel abfahren. Ich hatte es bis dahin noch nicht erlebt, dass mich eine Reisegruppe einlädt.

Dies war dann auch wirklich mein letzter Sonderzug unter der Regie der Bundesbahn und der Reichsbahn. Wer diese Züge oder die Truppen- und Autoreisezüge sowie Urlaubsexpresszüge nach der Umwandlung in die Bahn AG fahren würde, wusste ich nicht. Ich hörte, dass sich für den Nahverkehr private Bahnen auf Ausschreibungen bewerben konnten. Für den Fernverkehr war dies nicht möglich.

Im Jahre 1996, nachdem die alten Eisenbahndirektionen aufgelöst worden waren, wurde das gesamte Streckennetz in fünf Bezirke aufgeteilt. In jedem Bezirk entstand als Ansprechpartner für das Zugbegleitpersonal eine neue Dienststelle mit dem Namen »Transportleitung«. Ich fand diese Neuerung gut. Traten früher Unregelmäßigkeiten im Zug auf, mussten wir uns irgendwie bemerkbar machen. Das geschah auch zur Not mit einer Information auf Klopapier, das wir an Stellwerken, Streckenhäuschen oder Weichenwärterposten aus dem Zugfenster warfen. An diesen Punkten wurde jeder Zug beobachtet, so erhielten wir Hilfe. Im Laufe der Jahre wurde die Verständigung bis heute modernisiert, auch gab es Diensthandys für Zugführer, damit sie im Falle eines Falles schneller erreichbar waren oder selbst Hilfe holen konnten.

1997 stand wieder ein Wechsel in der Vorstandsebene der Bahn an. Der Neue war wie sein Vorgänger kein Eisenbahner. Sein Vorgänger war lediglich drei Jahre bei uns gewesen, wir waren gespannt, wie lange der Neue bleiben würde. Er versprach uns, alles werde besser, und ordnete neue Dienstbekleidung für die Zugbegleiter an. Es wurde außerdem angeordnet, dass wir Zugbegleiter Diensttaschen, die mehr als 13 Kilo wogen, nicht mehr tragen dürfen. Alles, was ein Zugführer während einer Reise brauchte, sollte sich von da an im Zug befinden. Das war jedoch nur eine Idee, denn alles blieb, wie es war.

Nach der Teilung von Nah- und Fernverkehr gab es zu wenige Zugbegleiter auf den Zügen. Aus diesem Grund wurden für jeden ICE Teams aus einem Zugführer und zwei Zugschaffnern gebildet. Damit war schon mal viel gewonnen. 1998 wurde diese Regelung umgesetzt. Das war jedoch nur der Anfang, man hatte noch viele weitere Ideen. Da mit der Bahnreform die Oberfahrmeister, die Zugrevisoren und die Prüfschaffner als Aufpasser abgeschafft wurden, übernahmen andere Mitarbeiter, die bundesweit agierten, diesen Job. Auch auf meiner Dienststelle gab es zwei davon. Sie sollten auch unsere Verbindungsleute zum Dienststellenchef sowie zum Personalbüro sein. Ich wusste, dass sie Zugführer waren und uns von nun an »überwachen« sollten.

Ich stellte nach einiger Zeit fest, dass das Teamfahren gut funktionierte. Jeder hatte seine Aufgabe, jeder wusste, wie der andere ausgebildet war und was er konnte, wir konnten uns aufeinander verlassen und uns gegenseitig helfen. So fuhr ich einigermaßen zufrieden durch Deutschland.

Es zeigte sich, dass es im Vorstand niemand lange aushält. Noch 1999 hieß es in den Medien, der Chef der Bahn AG würde ausgetauscht, der Neue kam von der *Heidelberger Druck*. Später sollten wir auch einen Chef für den Bereich Service im Zug bekommen, diesen Posten gab es bis dahin nicht. Sein künftiger Inhaber, so stand es in der Presse, kam von der *Lufthansa*. Die beiden hatten etwas drauf, jeder auf seine Art. Der neue Chef bekam die Order von der Regierung und seinem Vorgesetzten, dem Bundesverkehrsminister, die Bahn an die Börse zu führen. Der Börsengang hat freilich bis heute nicht geklappt.

Stellten wir Zugführer kleinere Unregelmäßigkeiten an den Zügen fest, wurde das aufgenommen, jedoch nicht sofort, sondern erst später in Ordnung gebracht. Bei servicerelevanten Mängeln, etwa einer defekten Kaffeemaschine, gab es nicht wie früher Ersatzteile, die im Lager vorrätig waren, stattdessen mussten sie beim Hersteller bestellt werden, denn Lager gab es nicht mehr. Aus den alten Bahnbetriebswagenwerken wurden entweder eigene Gesellschaften oder sie wurden von anderen privat geführten Eisenbahngesellschaften übernommen.

Einiges mehr sollte sich ändern. Kleinere Bahnhöfe wurden zu Haltepunkten, an denen es Fahrkarten nur noch an Automaten gab. Während meiner Dienstfahrten stellte ich fest, dass ein Überholen von langsam fahrenden Zügen seltener möglich war, weil die Überholungsgleise zurückgebaut wurden. So musste ich mit meinen IR-, IC- und ICE-Zügen so lange hinter langsameren Zügen herfahren, bis sich eine Möglichkeit zum Überholen bot.

In der Ära des neuen Vorstandsvorsitzenden entstand in Berlin ein neuer Hauptbahnhof. Ich finde ihn nicht nur hässlich, sondern auch unübersichtlich, denn die Gleise und Bahnsteige liegen in einer Kurve. Mir als Zugführer fehlte dort der Überblick auf den gesamten Zug, und so war eine Abfertigung auf diesem Bahnhof für mich und die Betreuer stets ein Risiko.

Zur Vorstellung des neuen Chefs für den Bereich Service mussten meine Kollegen und ich eigens nach Frankfurt reisen. Bei einem Tagesseminar erfuhren wir, wie der neue Service aussehen sollte. Demnach sollten sich der erste Betreuer und der Zug-Chef nach den Wünschen der Kunden in der 1. Klasse richten, wir sollten öfter als bisher Kaffee, Speisen und Getränke verkaufen. Einige der Kolleginnen und Kollegen waren davon sehr angetan, sie freuten sich schon auf den Service im Zug, denn dafür gab es Trinkgeld. Für mich hingegen stand nicht der Service in der 1. Klasse oben an, für mich zählten auch die Reisenden in der 2. Klasse. Ich sagte mir: Mein Arbeitgeber sind *alle* Fahrgäste im Zug, egal, wo sie sitzen! Außerdem war für mich die Fahrgeldeinnahmensicherung über die Fahrscheinkontrolle im Zug vorrangig. Das sicherte nicht nur meinen Arbeitsplatz, sondern den aller Mitarbeiter im Unternehmen. Ich bot Service immer dann, wenn er von den Reisenden gewünscht wurde.

Da der größte Teil unserer Einsätze im Zugbegleitdienst von da an in Kassel-Wilhelmshöhe stattfand, zogen wir im Frühjahr 2000 vom Hauptbahnhof dorthin um. Das sollte meine Dienststelle bleiben, bis ich in den Ruhestand ging.

Im Jahr 2000 richtete Deutschland die EXPO in Hannover aus. Die Bahn wollte zusätzliche Züge einsetzen, um dem erwarteten Besucherandrang gerecht zu werden. Daher mussten wir auf dem EXPO-Gelände ein Tagesseminar absolvieren. Die Fragen, die die Zugbegleiter dort zum betrieblichen und verkehrlichen Ablauf dieser Großveranstaltung stellten, wurden nur mangelhaft oder gar nicht beantwortet. Ich blieb gelassen.

Die EXPO kam, die prophezeite Reisewelle blieb aus. In meinen Zügen jedenfalls befanden sich nur wenige

*Meine dritte Dienststelle, der Bahnhof Kassel-Wilhelmshöhe, dort war ich bis 1. März 2012 tätig.*

Reisende, die dorthin wollten. Die meisten gelangten wohl mit Bussen dorthin. Ich hatte von Anfang an vermutet, dass es nicht so schlimm werden würde, wie es vorausgesagt wurde.

Für unseren Unterricht und unsere Weiterbildung wurden ab 2001 sogenannte Ausbildungszugführer eingesetzt. Sie kamen aus den eigenen Reihen, die meisten kannte ich. Auch ich hatte mich als Ausbilder beworben, denn ich wollte mein Wissen und meine Erfahrung an die jungen Kollegen und Kolleginnen weitergeben. Ich erfuhr, dass sich ein Zugführer aus den neuen Bundesländern ebenfalls auf die Ausschreibung beworben hatte.

Er trug seine Nase ziemlich hoch, wusste alles besser. Ich sah ein, dass ich mit ihm wohl nicht als Ausbildungszugführer arbeiten wollte, deshalb zog ich meine Bewerbung zurück. Einige Kollegen auf der Dienststelle verstanden dies nicht. Ich erklärte ihnen, dass ich auch ohne eine solche Ausbildung stets für sie da sein und ihnen helfen würde.

Die neuen Mitarbeiter, die uns überwachen sollten, waren uns Zugbegleitern gegenüber sehr positiv eingestellt, vermutlich, weil wir uns aus dem Zugbegleitdienst kannten. Das passte unseren Vorgesetzten nicht, und so wurden diese »Kontrolleure« bald wieder abgeschafft. Neue Mitarbeiter wurden für diesen Bereich eingestellt. Sie kamen aus dem Nahverkehr, was wir Zugbegleiter schnell herausbekamen, allein auf meiner Dienststelle kamen zwei dieser Mitarbeiter aus dem Nahverkehr. Sie waren nicht nur unsere Ansprechpartner für den Verwaltungsbereich, sondern auch für den gesamten betrieblichen Ablauf und für den Unterricht der Zugbegleiter. Sie überwachten die verkehrlichen Aufgaben im Zug. Ich hatte das Gefühl, mit zwei Vorgesetzten arbeiten zu müssen, die ich nicht kannte.

Nachdem wir Zugbegleiter nach Kassel-Wilhelmshöhe umgezogen waren, wurden wir in zwei neue Gruppen aufgeteilt. Jeder der neuen Vorgesetzten bekam einen Teil der Zugbetreuer und einen Teil der Zugführer zugewiesen. Mir fehlte noch das Vertrauen in diese Mitarbeiter, um mit ihnen so wie mit ihren Vorgängern zusammenzuarbeiten. Ich versah gleichwohl meinen Dienst, wie ich es gewohnt war.

Die Interregio-Züge meiner Dienststelle wurden nach und nach in Inter-City-Züge umgewandelt. Der Interregio war nach mehr als 25 Jahren nicht mehr auf dem neuesten Stand der Technik, es gab ab und zu Probleme. Er passte nicht mehr ins neue Konzept des Konzerns, das auf besseren Service ausgerichtet war. Die alten Bistrowagen des Interregio wurden generalüberholt und in die Inter-City-Züge eingestellt, sodass in jedem IC eine Speisemöglichkeit angeboten werden konnte. Die anderen Wagen aus dem Interregio-Programm wanderten für Notfälle in die Reserveabteilung.

Durch die Umstellung der Struktur im Zugbegleitdienst bekam ich als Zugführer eine Menge zusätzlicher Aufgaben – nach dem Motto: »Die Zugführer werden sich schon melden …« Ich wusste, wie ich mich zu verhalten hatte, wenn es ein Problem gab, schließlich war ich noch für die Technik der Reisezugwagen ausgebildet worden, kleinere technische Probleme konnte ich selbst beheben. Treten bei Zügen des Fernverkehrs heute während der Fahrt größere technische Probleme auf, zum Beispiel wenn eine Lok ausfällt und eine Weiterfahrt nicht mehr möglich ist, werden Ersatzzüge gestellt oder der Zug fällt aus. Dies wird sofort auf allen Bahnhöfen bekannt gegeben. Zu Zeiten der alten Bundesbahn konnte ich in kürzester Zeit eine andere Lokomotive beschaffen und weiterfahren.

Noch im Jahr 2000 wurde eine neue Dienstplan-Gestaltung eingeführt, die sich *Carmen* nannte. Die dafür nötigen Daten, wurde erzählt, stammten von einer Fluglinie aus Skandinavien. Angeblich sollten diese Pläne für alle Zugbegleiter bundesweit von großem Nutzen sein. Ich stellte bald fest, dass der neue Dienstplan nichts taugte. Die Schichten und auch die neuen Übernachtungen waren für mich zum Nachteil, denn ich hatte von da an längere Tagesschichten und nicht wie früher nach einer Übernachtung sofort Feierabend. Nach der Übernachtung kam am nächsten Tag manchmal noch eine Schicht von 10 bis 12 Stunden hinzu, was mich ärgerte. Wegen »Carmen« und der Verlegung meiner Dienststelle nach Wilhelmshöhe musste ich jeden Tag mit dem Auto zur Arbeit fahren. Mein Familienleben änderte sich von Grund auf. War zu Hause etwas zu erledigen, mussten meine Ruhetage, die eigentlich meiner Gesundheit dienten, dafür herhalten. Jeder Widerspruch gegen *Carmen* war zwecklos, die Gewerkschaften unternahmen auch nichts. Mir blieb also nichts weiter übrig, als brav meine Schichten zu fahren.

Als Anfang 2003 meine Stammschaffnerin in Rente ging, bekam ich vorübergehend einen neuen Schaffner zugewiesen. Ich kannte ihn bereits und wusste, wie er arbeitet. Einige Kollegen hatten ihn gewarnt, ich sei ein harter Hund und nehme alles sehr genau, aber man könne sich auch auf mich verlassen. Als er zu mir kam, redeten wir miteinander, und ich erfuhr, welcher Ruf mir vorauseilte. Ich erklärte ihm, dass ich mich auf meine Schaffner verlassen müsse. Das verstand er sofort, und so lief es gut mit uns beiden.

Im Mai 2003 hatte ich in Kassel einen der letzten Interregio-Züge nach Düsseldorf zu begleiten. Er war als

D-Zug aus den neuen Bundesländern zu uns gekommen und in einen Interregio umgewidmet worden. Nach der Abfahrt fand ich bei der Kontrolle in der 1. Klasse eine Herrentasche mit sämtlichen Papieren und Karten. Sie gehörte einem Richter a. D. aus Kassel, der jedoch nicht mehr im Zug war. Nach einem Anruf bei seiner Bank wusste ich, wer der Besitzer war. Ich rief ihn an, berichtete von meinem Fund und versicherte ihm, die Tasche zurückzubringen, seine Wohnung lag auf meinem Weg nach Hause. Er war sehr erfreut über diese Nachricht. Beim Überbringen der Tasche bedankte er sich zig Mal und versprach, sich schriftlich bei meinem Vorgesetzten für meinen Einsatz zu bedanken, was dann auch geschah.

*Dr. F. … … …*
*Vors. Richter am BAG a. D.*
*Rechtsanwalt*


*Deutsche Bahn AG*
*Reise und Touristik*
*Niederlassung Kassel*
*34131 Kassel*

*Sehr geehrter Herr … … …*
*Ihr Mitarbeiter Kilian hat mir sehr geholfen und mich vor einem größeren Schaden bewahrt. Dafür habe ich mich bereits bei ihm bedankt. Ich möchte auch Sie darüber unterrichten.*
*Am 15. Mai 2003 bin ich von Erfurt nach Kassel mit dem Zug D 2550 gefahren. Ich habe im Zug*

*meine Handtasche liegen gelassen. In der Tasche befanden sich u. a. mein Kalender und meine Kredit- und meine Scheckkarte. Herr Kilian hatte Dienst als Zugbegleiter in diesem Zug. Er ermittelte aus der Scheckkarte (über die Sparda-Bank Kassel) meine Anschrift. Er rief mich an, dass er die Tasche gefunden habe, und er brachte mir nach Dienstschluss gegen 22.30 Uhr die Tasche in meine Wohnung. Das ist aus meiner Sicht eine ungewöhnliche Hilfe, durch die auch das Ansehen der Deutschen Bahn AG in meinen Augen deutlich gestiegen ist. Ich habe übrigens in meinem Bekanntenkreis davon berichtet und erzählt.*

*Mit freundlichen Grüßen*
*Dr. … … … … …..*

Bis dahin hatte ich im Gegensatz zu anderen Kollegen in meinen 24 Jahren als Zugbegleiter noch keinen Unfall erlebt. Im Frühherbst jenes Jahres saß auf der Rückfahrt von Frankfurt/Main nach Kassel bei der Abfahrt in Marburg um 23.20 Uhr mein Betreuer beim Lokführer im Steuerwagen. In Anzefahr bei Marburg machte der Lokführer bei Tempo 150 in Höhe des Bahnsteigs eine Notbremsung. Ich war gerade im Dienstabteil, da erklang der Zugführerrufton, mein Betreuer meldete sich aufgeregt: »Wir haben zwei oder drei Personen überfahren …!« Ich fragte, wie weit ich zurückgehen müsse, um nachzuschauen. »Etwa 400 bis 500 Meter bis zum Bahnsteig, ich komme nach!« Mit Handlampe und Warnweste ging ich nach draußen. Die Strecke war in beide Richtungen gesperrt, mein Betreuer hatte bereits alles mit der Transportleitung Mitte besprochen, die Feuerwehr und den Rettungsdienst alarmiert. Am Bahnsteig lag ein junger Mann schwer verletzt, ein anderer Jugendlicher war unter den Zug geraten, ein junges Mädchen schrie im Schock. Sanitäter, Feuerwehrleute und ein Notarzt, die wegen einer Kirmes zufällig in der Nähe waren, eilten zu Hilfe. Nach kurzer Zeit trafen die von uns angeforderten Rettungskräfte sowie ein Ersatzlokführer ein. Zwei Jugendliche starben noch an der Unfallstelle.

Es dauerte etwa zweieinhalb Stunden, bis ich mit dem Ersatzlokführer und der Zustimmung des Staatsanwaltes sowie des Notfall-Managers der DB nach Kassel fahren konnte.

Es war mein erster Unfall, dass es so schlimm kommen würde, hatte ich mir nicht ausmalen können. Trotzdem musste ich die Nerven behalten. Ich vermutete, es sei eine Selbsttötung gewesen, später erfuhr ich, dass es ein Unfall war. Solch ein Erlebnis muss schnell wieder aus dem Kopf heraus.

Die restliche Zeit jenes Jahres verlief ruhig. Für 2004 war außer Unterricht nichts Außergewöhnliches angesagt. Anfang des Jahres bemühten sich Mitarbeiter, dass sie ihren gesamten Unterricht für das laufende Jahr hinter sich brachten, um sich danach auf den Service zu konzentrieren. Mit Service konnten sie glänzen, dafür gab es am Jahresende vom Vorgesetzten ein Dankeschön.

Zum Jahresende 2004 erfuhr ich, dass die Gruppenleiter im neuen Jahr die ersten Betreuer, die noch keine Zugführerberechtigung hatten, durch zugführerberechtigte Mitarbeiter austauschen wollten. Zugführerberechtigte Mitarbeiterin war auch eine junge Kollegin aus Leipzig, die bis dahin noch ohne Zug-Chef war. Ich hatte zu dieser Zeit keinen festen Betreuer mehr, und so wurden wir beide gefragt, ob wir zusammen fahren wollten. Wir waren einverstanden und ab sofort ein Team. Wir gewöhnten uns schnell aneinander, und das Fahren machte wieder Spaß.

Nach den neuen Richtlinien mussten auf den ICEs stets zwei Zugführer an Bord sein, bei den lokbespannten Zügen gab es lediglich einen. Die zugführerberechtigten Mitarbeiter waren im regulären Dienst Betreuer in der 1. Klasse, fiel der Zugführer aus, übernahm dieser Betreuer die Aufgaben des Zugführers.

Im Juli 2005 hatte meine künftige Betreuerin noch Urlaub, deshalb fuhr ich mit meinem alten Betreuer. Eines Abends, auf der Fahrt mit einem IC von Frankfurt nach Kassel, saß mein Betreuer nach der Abfahrt um 23.05 Uhr in Gießen beim Lokführer vorn im Steuerwagen. Kurz nach dem Bahnhof Lollar zog er an einem alten Bahnübergang die Notbremse, der Zugführerrufton ertönte. Wir hatten noch nicht die volle Geschwindigkeit erreicht, das wären 150 Stundenkilometer gewesen.

Wir hielten, die üblichen Schritte wurden eingeleitet. Eine Staatsanwältin fragte mehrfach, wo denn der Zugführer sei. Ich wiederholte mehrmals, dass ich das sei. Sie verstand es nicht, sie hielt den Lokführer für den Zugführer. Ich nahm sie bei der Hand und führte sie zum Lokführer im Steuerwagen. Der sollte ihr ein paar Fragen beantworten. Es stellte sich heraus, dass ein Mann aus einem Gebüsch direkt vor unseren Zug gesprungen war, weil er sich das Leben nehmen wollte.

Bis alles erledigt war und der Zug weiterfahren konnte, dauerte es zweieinhalb Stunden, erst um 3.00 Uhr waren wir in Kassel. Am anderen Morgen erzählte ich dem Durchgangsarzt von dem Erlebnis, das als Arbeitsunfall galt. Ich wurde für zehn Tage krankgeschrieben.

Als meine Betreuerin aus dem Urlaub kam, berichtete ich ihr, was geschehen war. »Gut, dass ich nicht dabei war …«, atmete sie erleichtert auf. Doch im November 2005 sollten wir gemeinsam eine böse Überraschung erleben!

Laut Dienstplan mussten wir von Kassel über Hamm, Dortmund, Bremen nach Hamburg fahren. In Dortmund kamen wir planmäßig an. Von dort sollten wir einen anderen IC übernehmen und weiter nach Hamburg fahren. Wir hatten jedoch eine Verspätung von 15 Minuten, und so fuhren wir auch verspätet ab. Bis Osnabrück hatten wir nur noch sieben Minuten Verspätung, ich war froh, dass wir die Zeit wieder herausgeholt hatten. Was danach geschah, beschrieb ich in einem Zugbericht:

*Der IC hatte den Bahnhof Osnabrück mit sieben Minuten Verspätung in Richtung Bremen verlassen. Plötzlich setzte ein heftiges Schneetreiben ein. Der Lokführer bat mich nach vorn in den Steuerwagen,*

*weil die Sichtweite unter 50 Meter lag, sie wurde immer schlechter und schlechter, sodass wir uns anstrengen mussten, draußen etwas zu erkennen. Wir sahen die Signale erst im letzten Augenblick und reduzierten die Geschwindigkeit auf 60 km/h, um auf alles vorbereitet zu sein. Mitten auf der Strecke, dort befand sich beidseitig eine Böschung von mehr als 20 Metern Höhe, hing ein Baum vor uns quer über den Gleisen in der Oberleitung. Der Lokführer leitete eine Notbremsung ein, wir legten uns auf den Boden des Steuerwagens, um nach dem Aufprall nicht verletzt zu werden. Als der Zug zum Stehen gekommen war, setzte der Lokführer den Notruf ab und ließ die Strecke in beide Richtungen voll sperren. Ich setzte meine Betreuer über die Lage in Kenntnis und informierte auch unsere Fahrgäste darüber, was geschehen war. Meine Betreuer sicherten sofort den Zug mit Handbremsen, schalteten die Beleuchtung im gesamten Zug auf ein Minimum zurück und kümmerten sich um die Reisenden. Der Lokführer und ich stiegen aus dem Zug, um die Schäden zu begutachten. Wir entdeckten, dass der Baum auf dem zweiten Wagen lag und Feuer gefangen hatte. Das Feuer war nicht sehr groß, der nasse Schnee legte sich auf den Stamm.*
*Ich ließ den Wagen, auf dem der Baum lag, sicherheitshalber räumen und die Reisenden in die anderen Wagen verteilen. Ich sah ein, dass eine Weiterfahrt in den nächsten drei Stunden nicht mehr möglich war, kurzerhand gab ich alle Speisen*

*und Getränke aus dem Bistro frei, sodass die etwa 350 Reisenden versorgt werden konnten. Durch die ständige Anwesenheit meiner Betreuer und mir im Zuge und die ständige Information über den Stand der Dinge konnten wir verhindern, dass Reisende die Nerven verloren. Nach etwa vier Stunden fand uns die Polizei, die uns bereits gesucht hatte. Wir hatten uns jedoch nicht bemerkbar machen können, weil wir wegen des Wetters keine Funk- und Handyverbindung hatten.*

*Ich teilte dem Polizeibeamten mit, was sofort eingeleitet werden musste und was wir dringend benötigten. Da sich im Zug auch mehrere Kranke befanden, löste ich Katastrophenalarm aus. Bundeswehrsoldaten unter den Reisenden meldeten sich, um uns zu helfen. Es vergingen weitere zwei Stunden, bis die Feuerwehr, das Rote Kreuz und zwei Notärzte eintrafen. Die Einsatzleiter beider Gruppen fragten nach weiteren Maßnahmen. Ich bat darum, dass das Technische Hilfswerk in Osnabrück warmes Essen und Getränke für die Reisenden und das Personal zur Verfügung stellen möge. Nachdem die Feuerwehr am Zugende eine Plattform aus Leichtmetallteilen und eine Treppe die Böschung hinauf hergestellt hatte, konnten wir aussteigen und endlich oberhalb der Böschung mit den Handys telefonieren und so die Transportleitung in Hannover erreichen. Ich bestellte eine Diesellok der Baureihe 232 mit Turbo-Antrieb, diese Lok war in der Lage, unseren Zug mit Strom und Wärme zu versorgen und abzuschleppen. Bei DB-Netz bestellte*

*ich einen Turmtriebwagen (TVT), der den Baum im Fahrdraht wegräumen sollte.*
*Laut Aussage der Transportleitung Hannover sollte der TVT von Bremen kommen, weil der in Osnabrück stehende nicht einsatzbereit war. Als der Baum beseitigt war, zog uns die Diesellok zurück nach Osnabrück, wo Reisende und Personal in der Bahnhofsmission versorgt wurden. Der Lokführer stellte bei einer Besichtigung der Lok fest, dass sie nicht mehr fahrbereit war. Ein Ersatzzug war nötig. Ich fragte den Fahrdienstleiter, ob ein IC-Zug im Bahnhof stünde. Das war der Fall, gemeinsam mit meinem Lokführer bereiteten wir ihn zur Abfahrt vor. Meine Betreuer und ich holten unsere Reisenden in der Bahnhofsmission ab. Nachdem alle eingestiegen waren, fuhren wir Richtung Bremen. Dort wurde ich erneut von der Transportleitung Hannover angerufen, es gab ein neues Problem: ein Oberleitungsschaden in Langwedel. Die Transportleitung wies uns an, über Rotenburg/Wümme zurück nach Bremen und dann weiter nach Hamburg-Altona zu fahren. Wir erreichten Hamburg-Altona am anderen Morgen gegen 6.00 Uhr mit einer Verspätung von 733 Minuten, also etwa 12 Stunden. Doch alles war gut gegangen. Ich bedankte mich in Hamburg bei meinem Team für die Einsatzbereitschaft. Meine Betreuerin und ich fuhren mit dem nächsten ICE nach Kassel zurück, um 8.15 Uhr trafen wir dort ein.*

*Der Turmtriebwagen TVT 711, ein Spezialfahrzeug für das Beheben von Oberleitungsschäden.*

Wenige Tage später betreute ich mit einem Kollegen morgens den ersten IC nach Binz auf der Insel Rügen. Nach der Abfahrt in Kassel-Wilhelmshöhe begannen wir mit der Fahrkartenkontrolle. Wir hatten vereinbart, an diesem Morgen zusammen durch den Zug zu gehen, weil nicht viele Reisende anwesend waren. Im Wagen 8 saßen drei Erwachsene an einem Tisch. Eine der beiden Frauen sprach mich an: Ihre Schwester habe starke Schmerzen in der Leiste und ein Kreislaufproblem. Ich schaute mir die Frau näher an und fragte, wo es ihr wehtue. Sie zeigte mir die Stelle und klagte, dass sie sich vor Schmerzen krümme. Ich vermutete, es könnte ein eingeklemmter Leistenbruch sein. Ich versprach der Frau, dass ich in Melsungen den Rettungswagen holen werde, sie müsse sofort ins Krankenhaus.

Meinen Kollegen bat ich, er möge sich mit dem Lokführer in Verbindung setzen, in Melsungen anhalten lassen und den Rettungsdienst alarmieren. Im Bahnhof angekommen übergaben wir die Dame den Sanitätern und fuhren weiter. Später kam ein Dankeschön von ihr in einem Brief.

> Sehr geehrter Herr Kilian,
> hiermit möchten wir uns ganz herzlich bedanken für Ihr umsichtiges, freundliches Verhalten.
> Am Freitag, d. 2.12.05 haben Sie den Zug nach Binz (Rügen) in Melsungen anhalten lassen wegen eines med. Notfalls!
> Meine Schwester hat Ihrem freundlichem Verhalten und Ihrer „richtigen" Diagnosestellung, ihr Leben zu verdanken. Es war tatsächlich ein eingeklemmter Leistenbruch, wie Sie richtig vermutet haben. Sie wurde sofort in Melsungen operiert.
> Nochmals ein herzliches Dankeschön, auch im Namen meines Mannes und meiner Schwester.
> Wir wünschen Ihnen eine besinnliche Adventszeit, sowie ein frohes u. gesegnetes Weihnachtsfest und alles Gute für das Neue Jahr 2006, freundl. Grüße,

Anfang 2006 begann die Debatte unter den Kollegen, wer wohl Fußball-Weltmeister werden würde. Die Weltmeisterschaft fand diesmal in Deutschland unter dem Motto »Zu Gast bei Freunden« statt. Wir Zugbegleiter erfuhren bei einem Zwei-Tages-Seminar in der Commerzbank-Arena in Frankfurt/Main, wie sich die

Herren vom Vorstand den Service im Zug vorstellten. Zusätzliche Züge sollten eingesetzt werden. Doch wer sollte sie fahren? Es mangelte ohnehin schon an Personal. Es gab Zugbegleiter, die zusätzlich zu ihrem regulären Dienst auch noch die Züge für die Weltmeisterschaft fahren wollten, ich gehörte jedoch nicht dazu. Wir wurden getestet, ob wir unsere Zugansagen in Englisch machen konnten, auch ich musste zu einem solchen Ansagetest – für mich eine Herausforderung, da ich in der Schule kein Englisch gelernt hatte. Die Kollegin, die mich testete, forderte mich auf, ich möge ihr einen Text aus dem Ansagebuch in Englisch vorlesen. Ich tat ihr den Gefallen, doch ich las es ab, wie es da geschrieben stand. Der Test war für mich schnell beendet, ich wurde schon nach den ersten beiden Zeilen von der Fremdsprachenansage befreit. Zum Abschied machte ich einen Scherz: »Ich beherrsche 16 Fremdsprachen, weil wir 16 Bundesländer haben, das genügt doch wohl, oder?«

Ich sah nicht ein, dass ich wegen eines halben Prozents fremdsprachiger Fahrgäste in unseren Zügen auf meine alten Tage noch eine Sprache lernen sollte. In Ländern wie Frankreich, England, Italien wird schließlich auch kein Deutsch gesprochen.

Bevor die WM begann, stand im April 2006 mein 40-jähriges Bahnjubiläum an. Ich überlegte gemeinsam mit meiner Frau, wie ich an meinem Arbeitsplatz eine kleine Feier ausrichten könnte, zu der meine Kollegen aus dem Zugbegleitdienst geladen werden sollten, was beim 25-Jährigen nicht geklappt hatte. Ich hatte vorab auf der Dienststelle angefragt, ob ich den Unterrichtsraum in unserem Gebäude für die Feier bekommen könnte. Zunächst war die Antwort positiv, als es so weit war, hieß es plötzlich: Nein. Ich könnte doch auch im Netzgebäude feiern, das würde sich besser eignen. Ich ahnte, dass dann kaum jemand kommen würde, weil der Weg von der Dienststelle der Zugbegleiter bis zu diesem Raum viel zu weit war. Meine Frau und ich bereiteten trotzdem im Netzgebäude alles für eine Feier vor. Ich hatte einen Zettel auf der Dienststelle ausgehängt, auf dem stand, wo Ehrung und Feier stattfänden. Gespannt warteten wir, wer unsere Gäste sein würden.

Es kamen ein Vorgesetzter, der eine Rede über meine Dienstzeit im Unternehmen hielt und mir im Auftrag des Vorstandes für meine Arbeit dankte, außerdem zwei Fahrmeister und immerhin sechs Zugbegleiter. Von ihnen bekam ich eine Schnitzerei mit den Motiven eines ICE 1, einer E-Lok 103 und eines Steuerwagens. Das handgearbeitete Geschenk war mit einem sehr bewegenden Text versehen:

*Das Geschenk, das ich zum 40-jährigen Jubiläum bekam*

*Du bist eine echte Bereicherung. Dein Engagement und deine Ideen bringen uns immer weiter. Dabei bist du immer fröhlich und humorvoll. Wir alle schätzen deine offene und unkomplizierte Art. Mit dir arbeiten wir gern zusammen, denn du bist stets fair und lässt auch die Leistungen anderer gelten. Mach weiter so! Mit einem Mitarbeiter wie dir werden wir immer auf Erfolgskurs bleiben und viel Spaß haben.*

Diese Worte machten mich sprachlos. Ich freute mich auch über alle übrigen Geschenke, weil ich wusste, dass sie von Herzen kamen.

Die Weltmeisterschaft kam. Ich machte mir keine Gedanken darüber, wie die Sache für den Fernverkehr, wo das Motto »Service, Service und nochmals Service« galt, ausgehen würde. Ich fand auch, dass Service geboten werden sollte, allerdings nur, wenn es erforderlich war. Schließlich war ich kein Oberkellner, sondern Zugführer. Ich ließ mich in meiner Einstellung nicht beeinflussen, weder von Kollegen noch von Vorgesetzten. An erster Stelle stand für mich die Sicherheit der Reisenden, dann kam die Fahrgeldeinnahmensicherung, schließlich der betriebliche Ablauf im Zug – und dann der Rest.

Bei einer Reise mit dem ICE von Stuttgart in Richtung Berlin erlebte ich, dass ich richtig lag. In Stuttgart sollte laut Fahrplan ein ICE 2 nach Berlin bereitgestellt werden, es wurde jedoch ein ICE 1 bereitgestellt. Für die Schnellfahrstrecke bis Mannheim fehlte mir jedoch ein

Mitarbeiter, denn der zweite Mitarbeiter für den Service kam laut Plan erst in Mannheim dazu. Also forderte ich einen zusätzlichen Mitarbeiter in Stuttgart an. Es dauerte sechs Minuten, bis er am Zug war, wir fuhren also verspätet in Stuttgart ab. Bei einer Verspätung gab es einen Strafcode für Zugführer, wenn ein Fehlverhalten nachgewiesen werden konnte. Denn das kostete den Fernverkehr viel Geld. Hatte ich als Zugführer die Verspätung verursacht, musste ich im Extremfall für die entstandenen Kosten haften. In diesem Fall aber war ich unschuldig.

Am Bahnsteig in Mannheim stellte ich bei einem Blick auf die Zugzielanzeige mit Erschrecken fest, dass dort falsche Angaben standen, demnach sollte die Fahrt nach Berlin über Mainz, Koblenz, Köln, Hannover führen. Ich beschwere mich bei der Aufsicht. Sie ließ es ändern. Die neue Anzeige war wieder falsch. Nun sollten wir über Frankfurt, Fulda, Erfurt, Halle fahren. Ich meldete mich erneut bei der Aufsicht und fragte, ob die Kollegen in Mannheim nicht den Fahrplan für Zusatzzüge lesen könnten, dort stand, dass ich über Kassel, Göttingen, Braunschweig fahre. Beim nächsten Versuch war die Anzeige korrekt. Über den Lautsprecher kam die Ansage, dass wir ohne Halt bis Kassel durchfahren würden.

Nach diesem Vorfall hatte ich bei der Abfahrt in Mannheim eine Verspätung von 17 Minuten. Da meldete sich mein Vorgesetzter und wollte wissen, was denn in Mannheim los wäre. Ich antwortete kurz angebunden, ich hätte keine Zeit für ihn und legte auf. Wir fuhren die Verspätung heraus und kamen in Kassel planmäßig an. Am Tag darauf wollte mich mein Vorgesetzter im

Büro sprechen. Er erteilte mir eine Abmahnung, weil ich einen zusätzlichen Zugbegleiter für die Schnellfahrstrecke angefordert sowie 17 Minuten Verspätung zu verantworten hätte.

Das wollte ich nicht hinnehmen. Schließlich war es nicht auf meinem Mist gewachsen, dass ein weiterer Zugbegleiter angefordert worden war, und auch für die Komplikationen bei der Information für die Reisenden war ich nicht verantwortlich. Wir bekamen uns in die Wolle. Die anderen Mitarbeiter in der Dienststelle schlossen ihre Bürotüren, weil sie nicht mehr mit anhören konnten, wie wir uns anschrien. Ich ließ ihn stehen und ging. Doch die Begegnung hatte ihre Folgen: Ich hatte mich derart aufgeregt, dass ich am ganzen Körper zitterte, mein Kreislauf zusammenbrach und ich umkippte.

Ein Kollege holte den Betriebsarzt, der einen Rettungswagen mitbrachte, mit dem ich in das nächste Krankenhaus gefahren wurde. Als ich mich etwas erholt hatte, holte mich meine Frau aus dem Krankenhaus nach Hause. Ich erfuhr später, dass zwei Mitarbeiter, die den Vorfall mitbekommen hatten, meinen Chef zur Rede stellen wollten. Doch der hatte wohlweislich sein Büro abgeschlossen. Mir gegenüber gab es von ihm nie eine Entschuldigung. Für mich war die Sache irgendwann erledigt, ich ließ ihn links liegen und nahm mir vor, auch in Zukunft meinen Mund nicht zu halten, wenn ich im Recht bin.

Während meiner Fahrten bei der Fußball-Weltmeisterschaft hatte ich kaum Reisende und Fans aus anderen

Ländern im Zug, sondern meist deutsche Fans. Wie bei der EXPO waren wohl viele Besucher mit Bussen unterwegs.

Im Jahr der Weltmeisterschaft gab es noch eine Änderung: Ein Teil der Ersten Betreuer, die den Zugführer vertreten durften, wurden zu Zugführern ernannt. Dadurch bekam ich einen neuen Betreuer. Ich kannte ihn bereits, es war ein Kollege aus Nordhausen in Thüringen. Er war schon mal mit mir gefahren, er war wie ich Zugführer, wurde aber als Betreuer eingeteilt. Man hatte ihn bis zu diesem Tag zweimal übergangen, als es um den Einsatz von planmäßigen Zugführern ging. Ich fand das nicht richtig. Ein Teil der neuen Zugführer konnte gut katzbuckeln und sich so Vorteile verschaffen. Und da war einer, der sich zweimal bei seiner Dienststelle auf denselben Posten beworben hatte und ihn gleich bei meiner Dienststelle bekam.

Es zeigte sich, dass mein neuer Betreuer und ich auf derselben Wellenlänge lagen, wenn es um die Arbeit im Zug ging, dachte er wie ich: erst die Fahrkartenkontrolle und das Betriebliche, und wenn Zeit war, boten wir Service.

Während meiner Fahrten durch Deutschland lernte ich einige Schauspielerinnen und Schauspieler kennen, kam sogar mit ihnen ins Gespräch. Zu meiner Überraschung konnte ich mich mit ihnen gut unterhalten, es sind eben auch Leute wie du und ich.

Es war an der Zeit, dass der Winter-Dienstplan für 2006/2007 herauskam. Ich und mein Betreuer wollten wissen, ob wir an den Feiertagen arbeiten mussten. Leider kam es so. Wir mussten am 24. Dezember von mittags 13.30 Uhr bis abends um 21.30 Uhr fahren. Wir hatten die Schicht Kassel–München über Würzburg und zurück über Stuttgart und Frankfurt erwischt. Wir nahmen uns vor, dass wir mit den Kollegen, die mit uns fuhren, im Zug eine kleine Weihnachtsfeier veranstalten würden. Mein Betreuer sorgte für das Essen, ich für die Getränke und die Dekoration, unter anderem einen kleinen Weihnachtsbaum mit elektrischen Kerzen. Auf der Speisekarte standen »Kartoffelsalat mit Thüringer Bratwurst« und ein halbtrockener Rotwein.

Ich sperrte das Mutter-Kind-Abteil und deckte dort den Tisch. Mit dem Servicepersonal waren wir sechs Personen. Ich fragte meinen Betreuer, wann die Feier beginnen solle. Er erwiderte: »Nach der Abfahrt in Augsburg!« Unser Servicepersonal wusste von alldem nichts, ab Augsburg hatte ich ihnen zum Scherz Küchenverbot erteilt, nur wenn ein Fahrgast etwas haben wollte, durfte einer von ihnen die Küche betreten, um zu bedienen. Ich kontrollierte mit meinem Betreuer noch zwei Mal die Fahrkarten, es waren lediglich sieben Reisende im Zug, zwei in der ersten Klasse und fünf in der zweiten, ab Frankfurt waren es gerade mal 16.

Dann feierten wir Weihnachten. Es war ein schöner Abend, sehen wir uns heute mal wieder, erinnern wir uns gern daran.

Ich bekam mit, dass für 2007 einer der vorgesetzten Mitarbeiter Kassel verlassen wollte und für ihn eine neue Mitarbeiterin kommen sollte. Sie kam auch aus dem

Zugbegleitdienst, also kannte sie sich aus. Sie sollte die Leitung für die Zugführer und die Betreuer B1 (zugführerberechtigte Mitarbeiter) übernehmen, der andere Vorgesetzte sollte die übrigen Betreuer behalten. Irgendwann sollte eine weitere neue Mitarbeiterin kommen, die ausschließlich für das Servicepersonal zuständig sein sollte, dieser Bereich sollte in Kassel aufgestockt werden. Es gab auch Neues aus Berlin: Spezielle Mitarbeiter sollten die Ansagen in den Zügen überwachen und kontrollieren, ob Zugführer und Betreuer den korrekten Wortlaut verwendeten. Bei Verspätungen von fünf Minuten und mehr zum Beispiel musste die Ursache angesagt werden.

Im Spätsommer 2007, wir waren auf der Rückfahrt von Düsseldorf nach Kassel und mein Betreuer war mal wieder vorn beim Lokführer im Steuerwagen, passierte es zwischen Bochum und Dortmund an einer über die Gleise führenden Brücke: Ein Mann sprang vor den Zug. Weder der Lokführer noch der Betreuer hatten ihn vorher sehen können, er saß hinter einem Brückenpfeiler, und als er den Zug kommen sah, legte er den Kopf auf das Gleis. Eine Notbremsung war unmöglich, wir bemerkten ihn zu spät. Der Zug fuhr ihm den Kopf ab.

Wir kamen nach etwa 200 Metern zum Stehen. Nach dem Alarm dauerte es noch etwa eine halbe Stunde, bis man uns gefunden hatte. Obwohl ich unseren Standort genau angegeben hatte, waren Polizei und Feuerwehr im Kreis gefahren. Es begann zu regnen. Mit einem Regenschirm stand ich bei dem Toten, mein Betreuer blieb im Zug bei den Fahrgästen und erklärte ihnen, was passiert war. Nach weiteren zwei Stunden, nachdem die Kriminalpolizei sowie die Feuerwehr sich der Sache angenommen hatten, bekamen wir die Zustimmung, an den Bahnsteig in Dortmund zu fahren. Die Reisenden stiegen aus, der Zug fuhr leer und ohne Halt mit uns und einem anderen Lokführer nach Kassel zurück. Am nächsten Morgen wurde eine Unfallanzeige aufgenommen, mein Betreuer und ich waren 14 Tage lang dienstunfähig.

Im dritten Quartal jenes Jahres sollte eine spezielle Gruppe im Zug eingesetzt werden, deren Aufgaben uns Zugbegleitern unbekannt blieben. Man nannte sie »Exzellenz-Manager«, wir Zugbegleiter tauften sie »Spione«. Sie kamen zum Teil aus dem Zugbegleitdienst und hatten sich auf den neuen Posten beworben, einige kannte ich gut genug, sie hatten sich nicht gerade mit Ruhm bekleckert …

In der nächsten Zeit und auch 2008 tat ich nichts Gravierendes, bis auf den jährlichen Fort- und Weiterbildungsunterricht. Ich vermutete, 2008 würde ruhig zu Ende gehen, doch ich hatte mich getäuscht. Mein Kollege und ich wurden getrennt, womit wir nicht gerechnet hatten. Mitte des Jahres war es leider so weit. Der Grund war, dass wir uns nicht allen Neuerungen – zum Beispiel Kaffee oder andere Sachen zu verkaufen – angepasst hätten. »Sie passen nicht in das System!«, wurde uns gesagt. Mein Ex- Betreuer wurde zum Einzelkämpfer, als Zugführer musste er ständig mit anderen Betreuern fahren. Ich bekam eine neue Betreuerin: Nadine, gerade erst zur

Bl-Betreuerin aufgestiegen. Sie fragte mich, worauf sie achten müsse und was ihre Aufgaben seien, weil jeder Zugführer die Arbeit anders angehen würde. Das gefiel mir sofort an ihr. Ich erklärte ihr, wie ich die Arbeit organisiere, dass ich stets ein offenes Ohr für sie haben und ihr alles erklären würde. Sie konnte die Ansagen zweisprachig in Englisch und Deutsch erledigen. Wir stellten beide bald fest, dass wir gut harmonierten, unsere Zusammenarbeit war perfekt. Mit ihr und meinem Ex-Kollegen aus Nordhausen bin ich heute noch befreundet.

Im Herbst 2008 dachte ich, ich hätte mir eine Erkältung eingefangen. Jedes Mal, wenn ich die Rampe im Bahnhof Wilhelmshöhe hinaufging, schmerzte der Brustkorb. Wird schon wieder!, redete ich mir ein und schenkte dem Ganzen keine Beachtung.

Mitte Februar 2009 sollten meine Betreuerin und ich abends mit dem ICE nach Lübeck fahren, eine Arbeitsunterbrechung, eine verlängerte Pause bis zu fünfeinhalb Stunden, war eingeplant. Zwar spürte ich bei Dienstantritt immer dann, wenn ich in die Kälte kam, einen leichten Druck auf der Brust, doch ich maß dem keine Bedeutung bei.

Wir übernahmen den Zug in Kassel um 18.35 Uhr und fuhren Richtung Lübeck. Nach einiger Zeit wurde mir unwohl. Ich teilte es meiner Betreuerin mit, sie bat mich inständig, ich solle mich schonen und ihr Bescheid geben, wenn es schlimmer werden sollte. Bis Hamburg ging es mir einigermaßen, wir fuhren weiter nach Lübeck. Bei der Ankunft dort erledigten meine Betreuerin und das Servicepersonal den Abschlussdienst. Dabei wird der Zug technisch abgerüstet und danach bis zur nächsten Fahrt abgestellt. Meine Kollegen gingen Richtung Hotel, ich sollte nachkommen. Der Weg dorthin war nicht weit, er betrug gerade mal 200 Meter, mir erschien er an diesem Abend endlos lang. Ich musste dreimal stehen bleiben, weil ich keine Luft bekam. Endlich im Hotel angekommen zog sich mein Brustkorb sehr stark zusammen. Ich alarmierte meine Betreuerin, sie solle sofort einen Notarztwagen anfordern, ich hegte den Verdacht auf einen Herzinfarkt, denn es ging mir mit einem Mal sehr schlecht. Der Notarzt war innerhalb von fünf Minuten im Hotel. Dann ging es Schlag auf Schlag. Meine Betreuerin packte meine Sachen, ich wurde mit Blaulicht in die Uni-Klinik Lübeck gebracht. Von da an bekam ich nichts mehr mit.

Ich kam auf der Intensivstation wieder zu mir. Was bis dahin passiert war, davon hatte ich keine Ahnung. Ich konnte mich nur noch daran erinnern, dass ich ein warmes weißes Licht in einem Tunnel gesehen und mich sehr wohl dabei gefühlt hatte.

Bei der Visite mit zwei Ärzten und drei Schwestern fragte ich einen der Ärzte, was mit mir los sei. Der Arzt antwortete, dass ich gut und schnell auf meinen Zustand reagiert hätte, sonst wäre ich nicht mehr auf diesem Planeten. Es habe sehr schlecht um mich gestanden, man habe mich reanimieren müssen. Ich erfuhr, dass ich zwei Bypässe bekommen hatte und nun sehr viel Ruhe brauchte.

Ich lag drei Wochen in der Lübecker Uni-Klinik und wurde dann in eine Außenstelle am Timmendorfer

Strand verlegt. Dort blieb ich noch eine Weile, allmählich wurde ich wieder aufgebaut. Während der Zeit in Lübeck besuchte mich eine Mitarbeiterin der Führungsetage meiner Dienststelle. Sie brachte mir die nötigen Sachen mit, die ich noch brauchte. Sie sagte, meine Betreuerin habe mir das Leben gerettet. Ich erfuhr, dass zu Hause alles in Ordnung war, auch meiner Frau ging es gut. Sie lag zur selben Zeit im Krankenhaus und musste operiert werden. Die Kollegen meiner Dienststelle ließen mich grüßen, ich war so gerührt, dass mir die Tränen liefen. Nachdem meine Vorgesetzte sich von mir verabschiedet hatte, versprach sie, dass sie mich auch in der Reha besuchen würde.

Eine Krankenschwester erzählte mir, dass das Telefon auf der Station nicht mehr stillstehen würde, aus allen Teilen der Republik kamen Genesungswünsche, Zugbegleiter aus Hamburg, Hannover, Frankfurt, München und sogar aus Basel riefen an, um sich nach meinem Befinden zu erkundigen. Meine beiden Töchter besuchten mich, was für sie nicht einfach war, schließlich mussten beide auch arbeiten. Trotzdem waren sie für drei Stunden Aufenthalt im Krankenhaus 500 Kilometer gefahren. Als sie vor mir standen, hatten sie wie ich Tränen in den Augen.

Für Ende März 2009 stand der Transport in die Reha nach Bad Wildungen an, dort wurde ich innerhalb von drei Wochen wieder fit gemacht und auf die Medikamente eingestellt, die ich in Zukunft würde einnehmen müssen. Meine Vorgesetzte, die mich bereits in Lübeck besucht hatte, hielt ihr Wort und kam erneut. Ich versicherte ihr, dass ich bald wieder fahren würde. Sie antwortete: »Werd' erst mal wieder gesund, dann sehen wir weiter!«

Bis Ende Juni 2009 blieb ich zu Hause, dann fing ich wieder an zu arbeiten. Zur Wiedereingliederung kam ich ins Büro, allerdings nur für ein paar Stunden. Der Job am Schreibtisch war nicht mein Fall. Ich wollte endlich wieder in einem Zug fahren. Bis dahin sollte noch einige Zeit vergehen. Eine Bahnärztin musste feststellen, ob ich wieder für den Zugbegleitdienst tauglich war. Danach durfte ich endlich wieder fahren, jedoch nur zwischen 8.00 und 20.00 Uhr. Das hieß: kein Nachtdienst, keine Übernachtung, keine Arbeitsunterbrechungen mehr. Damit konnte ich gut leben. Der Nachteil war: Ich konnte nicht mehr mit meiner Betreuerin fahren, was wir beide sehr schade fanden. Mich betrübte es, da ich ihr sehr viel zu verdanken hatte. Von da an fuhr ich als Zugführer mit wechselnden Betreuern.

Es gab noch eine Neuigkeit in diesem Jahr: Wir bekamen wieder mal einen neuen Vorstandsvorsitzenden.

Von Tag zu Tag gab es mehr Probleme mit unseren Zügen, das bemerkten inzwischen auch unsere Reisenden. Der Neue stand vor einigen Herausforderungen. Seine ersten Äußerungen waren ambitioniert. Ich fragte mich, wie lange er es aushalten würde. Ich hatte mir für die Zukunft vorgenommen, mir kein Bein mehr auszureißen und es wie andere Zugführer auch langsam angehen zu lassen.

An einem freien Tag im März 2010 fragte ich bei der Rentenkasse mit Verweis auf meinen Gesundheitszustand an, welche Folgen es hätte, wenn ich nach 45 Dienstjahren aufhören würde zu arbeiten. In jenem Jahr wurde ich 60. Da das Versorgungsamt mich jedoch nur zu 20 Prozent als schwerbeschädigt eingestuft hatte, war an Aufhören noch nicht zu denken, das wäre mit 50 Prozent möglich gewesen. Ich musste also weiterarbeiten.

Im Sommer 2010 fielen bei ansteigenden Temperaturen immer öfter die Triebköpfe der ICEs oder die Loks aus. Je wärmer es wurde, umso schlimmer wurde es. Teilweise mussten ganze ICE-Züge aus dem Verkehr gezogen werden. Ich selbst hatte auch das Vergnügen, und zwar auf einer Fahrt nach Berlin, auf der ich lediglich als Betreuer eingesetzt war. Nach der Abfahrt in Kassel teilten mir Reisende mit, sie würden merkwürdige Geräusche wahrnehmen. Ich informierte sofort den Zugführer, ich hatte einen Verdacht. Wir entschieden, den Zug aus Sicherheitsgründen nur noch bis Hildesheim fahren und ihn dort enden zu lassen. Unsere 300 Fahrgäste konnten glücklicherweise mit dem nächsten ICE, der sich unmittelbar hinter uns befand, nach Berlin weiterfahren. In Hildesheim wurden wir bereits von einem Techniker erwartet, der meinen Verdacht bestätigte: ein Radlagerschaden durch Ölverlust. Unser Lokführer musste unseren Zug mit dem Wagentechniker nach Hamburg-Eidelstätt bringen, was ihm keine Freude bereitete.

Im Juni 2010, auf der Fahrt nach Basel in der Schweiz, erfolgte eine Evakuierung des ICE 75 bei Herbolzheim/Breisgau mit 320 Fahrgästen. Die Dramatik schildert der Bericht einer im Zug anwesenden Führungskraft, den ich hier zitieren möchte.

*Ich begleitete im Juno 2010 den ICE 75 von Karlsruhe in Richtung Basel. Ich war durch Zufall heute dienstlich mit im Zug. Kurz vor Herbolzheim im Breisgau kam der Zug zum Stehen. Der Zugchef Kilian aus Kassel rief mich sowie seine 1. Betreuerin zu sich ins Dienstabteil, ein Bordtechniker war schon da. Dieser sagte, er habe in den vorderen Wagen sehr starke Schläge vernommen und sofort die Notbremse betätigt. Auch vier Gast fahrende Personale aus dem Raum Köln und Hannover waren mit im Zug, die der Zugchef zum Dienstabteil kommen ließ. Der Zugchef Kilian koordinierte sehr ruhig und mit sehr viel Sachverstand sein ganzes Zugteam, auch ich kam zum Einsatz. Da die Außentemperatur an diesem Nachmittag zirka 33 Grad betrug, wurde es verständlicherweise im Zug ohne Strom und Klimaanlage schnell sehr warm und stickig. Der Zugchef beschloss daraufhin, die Außentüren in Fahrtrichtung rechts zum Feld hin zu öffnen und durch Mitarbeiter zu sichern. Anschließend gingen der Zugchef und der Techniker zum Zuganfang, um zu sehen, was los war. Nach einiger Zeit war die Ursache bekannt, denn unser Zug hatte in Höhe Orschweiler 4,5 km nördlich den eigenen Stromabnehmer verloren, die Ursache dafür war ein Fahrrad, was von einer Brücke geworfen worden war und dadurch die Oberleitung heruntergerissen hatte. Über Handy sagte mir der Zugchef, was wir sofort einleiten sollten. Als Erstes*

*eine Ansage an die Reisenden und dann die Freigabe der Getränke für alle, dann kam er zurück in den Zug. Mit vollem Engagement versuchte Chef Kilian, eine schnelle Lösung herbeizuführen, um das Weiterkommen der Reisenden zu beschleunigen, aber das war nicht einfach für ihn. Auch wurde durch eine Betreuerin festgestellt, dass zwei Reisende Probleme mit dem Herzen und dem Kreislauf hatten. Eine im Zug befindliche Ärztin aus Lausanne (Schweiz) wurde vom Zugchef gebeten, sich um die Reisenden zu kümmern, und er bestellte zwei Rettungswagen, die auch sofort kamen. Da unsere Getränke zur Neige gingen, bat er mich, ich solle die Feuerwehr und das DRK bestellen, was ich auch sofort erledigte. Für weitere Maßnahmen waren ihm die Hände durch einen Notfallmanager gebunden. Nach vier langen Stunden des Ausharrens ohne Klimaanlage und Strom wurde der Zug endlich von einer Diesellok ins etwa 700 Meter entfernte Herbolzheim gezogen und von dort ging es mit einem Doppelstockzug vom Nahverkehr weiter nach Freiburg/Breisgau. Nach dem Einsatz des gesamten Zugteams gab der Zugchef Kilian mit Rücksprache der Transportleitung aus Karlsruhe allen frei und sie konnten nach Hause fahren. Da dieses nicht einfach war, ließ Kilian den Nachtzug ICN 472 in Herbolzheim anhalten, alle stiegen ein und fuhren nach Hause.*
*Schöne Grüße aus Karlsruhe.*

Die Bahn AG hatte immer öfter mit der Reinigung Probleme. Da ich als Zugführer für diesen Bereich keinen

Ansprechpartner mehr hatte, konnte ich lediglich bei der Transportleitung eine Vormeldung abgeben, damit ein Problem dann im Zielbahnhof behoben werden konnte. So fuhr ich zwei Tage nacheinander mit demselben Zug von Kassel nach München, nach vier Stunden Pause ging es wieder zurück. Bei der ersten Fahrt sagte mir mein Ablöser in Kassel, dass nur noch zwei WCs einsatzbereit wären, die Behälter der anderen Toiletten seien voll. Ich möge dies doch in München melden, Reisende hätten sich bei ihm über den Geruch beschwert. Bei einer Außentemperatur von mehr als 30 Grad war das kein Wunder. In München angekommen meldete ich es dem Wagenmeister am Zug und ging mit meinem Betreuer in die Pause. Zurück am Bahnsteig war ich gespannt, ob unterdessen etwas unternommen worden war. Als der Zug bereitgestellt wurde, stellte ich sofort fest, dass sich nichts getan hatte. Ich meldete die Sache nach Hamburg vor, weil ich bereits in Kassel-Wilhelmshöhe aussteigen würde. Ob die Sache wohl oben im Norden erledigt werden würde?

Am anderen Tag übernahm ich diesen Zug wieder. Das Problem existierte nach wie vor. Offenbar hatte man es auch in Hamburg nicht für nötig gehalten, die Sache in Ordnung zu bringen. Die Reisenden rümpften die Nasen, denn der Gestank, der sich im gesamten Zug ausbreitete, war unerträglich. Das wollte ich mir nicht mehr gefallen lassen. Mit Nachdruck meldete ich das Problem in München vor. Diesmal mit dem Hinweis, dass ich die Notentriegelung drücken und das Gleis mit dem Dreck zuschütten würde, und zwar vom Prellbock bis zum Ausfahrtsignal. »Dann stinkt«, fügte ich hinzu,

»nicht mehr mein Zug, sondern ihr in München, darauf könnt ihr euch verlassen!«

Nach der Pause von vier Stunden in München waren die WCs vollkommen sauber und alles frisch gereinigt. Ich staunte über die prompte Erledigung und bedankte mich bei der bayerischen Transportleitung für den Sondereinsatz. Im Stillen nahm ich mir vor: Sollte mal jemand von der Konzernleitung in meinem Zug fahren, würde ich ihm meine Meinung über den Zustand sagen. Diese Gelegenheit sollte sich tatsächlich bieten.

Ende Juli 2010 hatte ich um 15.30 Uhr eine Fahrt nach Berlin. In diesem Zug saßen zwei Herren von der Konzernleitung, der eine kam vom Service, der andere war für die Flotte zuständig. Sie kamen von sich aus zu mir, begrüßten mich und meinen ersten Betreuer. Diese Gelegenheit musste ich nutzen! Auf meine Einladung hin nahmen sie im Dienstabteil Platz. Ich beschwere mich zunächst über den Zustand der Züge allgemein, dann berichtete ich über den Vorfall mit den Toiletten. Die beiden schauten mich entgeistert an, wollten mir das nicht glauben. Dem Service-Mitarbeiter erzählte ich von den Lieferproblemen bei Speisen und Getränken auf den dafür vorgesehenen Bahnhöfen, trotz frühzeitiger Vorbestellung traten oft Engpässe auf. Ich beklagte mich auch über das Auftreten der Exzellenz-Manager im Zug, die meinten, sie wären die Chefs. Auch mokierte ich mich über das arrogante Auftreten einiger Mitarbeiter, die in Zivil unterwegs waren. Ich bat beide, meine Worte ernst zu nehmen. »Solange ich die Schlüssel für den ICE und den IC habe, habe ich als Zugführer das letzte Wort im

Zug. Ich werfe jeden raus, der meine Mitarbeiter anmacht, wenn es nicht relevant ist, ich habe die Fürsorgepflicht gegenüber meinen Mitarbeitern, ich trage die Verantwortung!«

Der Mitarbeiter vom Service stimmte mir zu. Gegenüber dem Mitarbeiter der Flotte merkte ich noch an, welche Macken der ICE, in dem sie sich gerade befanden, an diesem Tag hatte. Trotzdem werde wohl derselbe Zug unter einer neuen Zugnummer zurück nach Kassel fahren. In einem solchen Fall, kündigte ich an, bleibt der Zug in Berlin am Bahnsteig stehen und ich fahre mit meinem Betreuer im Taxi zurück …

Als ich mit meiner Predigt fertig war, entließ ich die beiden und wünschte ihnen einen schönen Abend. Kurz vor Spandau fragte ich per Telefon bei der Transportleitung für Berlin an, ob derselbe Zug auch für die Rückfahrt eingesetzt würde. Im barschen Ton kam die Antwort, der ICE gehe sofort ins Reparaturwerk, wir bekämen einen neuen Zug bereitgestellt. Na, geht doch!, sagte ich mir. Warum muss man erst auf den Tisch hauen, bis etwas unternommen wird?

Noch nie war unser Beruf als Zugbegleiter so leistungsorientiert gewesen. Die Folge waren Rivalität, Missgunst und Egoismus. So hatte ich es bis dahin noch nicht erlebt. Auch der Kampf unter den Führungskräften im Zugbegleitdienst war gnadenlos geworden. Die Ausbildung der Mitarbeiter im Zugbegleitdienst, vor allem die der Betreuer, war nicht mehr so intensiv wie zu meiner Zeit. Der heutige Zug-Chef muss alle betrieblichen Aufgaben mit übernehmen: die Funktionsüberprüfung der technischen Einrichtungen der Fahrzeuge, bei ICEs und bei ICs die Erstellung der Wagenliste und Bremszettel. Ich malte mir die Zukunft, wie sie sich einige wohl erträumen, in meiner Fantasie so aus:

*Unternehmen Zukunft*
*Service und mehr*

*Darf ich mich vorstellen? Ich bin der Zugbegleiter des 21. Jahrhunderts.*
*Ich bin in der Lage, gleichzeitig Preise für drei Personen auszurechnen, Reservierungen in fünf verschiedenen Reservierungssystemen zu tätigen und neun eingehende Telefonate anzunehmen. Ich spreche mehrere Sprachen, habe alle Eisenbahnen Europas bereist, kenne jeden Wagen und jeden Platz, habe alle Tarife Europas und die Abfahrtszeiten im Kopf. Ich bin verantwortlich für das schlechte Essen im Zug, für Verspätungen, defekte Wagen und Triebfahrzeuge, das Wetter, Kriege, Streiks, die Wirtschaftslage, Umtauschkurse, Falschauskünfte aus dem Internet, Gleisänderungen und defekte Geldautomaten. Ich habe magische Fähigkeiten und kann Betten in ausgebuchten Schlafwagen und Sitze in überfüllten Zügen reservieren. Außerdem bin ich in der Lage, Züge zu Ihren Wunschzeiten abfahren und ankommen zu lassen. Grundsätzlich schaffe ich es, Sie an jeden Ort Europas zu bringen, ohne dass Sie umsteigen müssen.*
*Ich weiß auch, dass Sie, wenn Sie einen Zug für Freitag gebucht haben, tatsächlich am Samstag fahren*

*wollen. Ebenso kann ich von Ihrer Stirn ablesen, wenn Sie mit einem Wochenendticket verreisen möchten. Die Fahrpreise und die unwürdigen Bedienungen bei Sonderangeboten gehen ebenfalls auf meine Kappe, Sie dürfen mich gern dafür anschreien. Müssen Sie einmal nachzahlen und beschweren sich sofort, bekomme ich eine Abmahnung.*
*Ich lächele, bin mitfühlend und ersetze meinen Kunden gern den Psychiater. Ich bin Ihnen gern beim Abbau Ihrer Aggressionen behilflich, ertrage gelassen auch die schlimmsten Beschimpfungen. Alkoholfahnen vom frühen Morgen bis spät in die Nacht gehören zu meinen Lieblingsdüften, hauchen Sie mich ruhig an!*
*Laden Sie all Ihren Ärger bei mir ab, ich habe zu Hause eine Familie, an der ich meinen Frust dann auslassen kann!*
*Schauen Sie bitte nicht selbst auf den Fahrplan nach Ihrer S-Bahn oder gar nach dem Zug, dafür sind wir schließlich da, wir haben sonst nichts zu tun. Sportveranstaltungen brauchen Sie sich nicht mehr selbst anzuschauen. Die Ergebnisse bekommen Sie immer brandaktuell bei uns, denn wir sind die Auskunft.*
*Ich kann schauspielern, singen, tanzen und den Drucker reparieren, Ferndiagnosen über Verspätungen und Auslastungen der Züge im Ausland stellen, und selbstverständlich zahle ich Ihnen aus eigener Tasche ein Taxi, wenn Sie mal eine halbe Stunde auf Ihren Anschlusszug warten müssen.*
*Ich kenne weder Sonn- noch Feiertag und arbeite gern bis spät in die Abendstunden, am liebsten*

*nachts. Persönliche Freizeit ist mir ein Gräuel. Die einzige Freude meines Daseins ist es, Ihnen, dem Kunden, für immer zu dienen!*

An einem Septemberwochenende im Jahre 2010, auf der Fahrt nach München über Stuttgart, saß im ersten Abteil vom Wagen 7 eine junge Frau. Sie war leicht angetrunken und schien ohne Begleitung unterwegs zu sein. Laut Fahrkarte wollte sie nach Kempten im Allgäu, also musste sie in Ulm umsteigen. Das sagte ich ihr auch. Ob sie umgestiegen war, bekam ich nicht mit. Beim Abschlussdienst in München waren meine beiden Betreuer nicht sofort in meiner Nähe. Die Suche nach ihnen dauerte nicht lange, sie waren im Wagen 7. Die junge Frau war nicht in Ulm ausgestiegen, sie lag betrunken und halb entkleidet im Abteil, war nicht ansprechbar. Über die Transportleitung rief ich die Bundespolizei und den Rettungsdienst. Beide kamen sofort und nahmen die Frau mit. Was aus ihr geworden ist, erfuhr ich nicht.

Gegen Jahresende 2010 spielte das Wetter verrückt. Beim ersten Schnee und den ersten starken Winden brach im Schienenverkehr Chaos aus. Es gab keine eigene Schneewache mehr auf den Bahnhöfen. Das hatten Privatfirmen im Auftrag der Bahn übernommen. Bis die ausrückten, dauert es seine Zeit. Das hatte Folgen, wie ich Anfang Dezember 2010 am eigenen Leibe erfahren musste.

Mein Zug, den ich um 8.16 Uhr in Kassel übernehmen sollte, hatte laut Anzeige 85 Minuten in der Ankunft Verspätung, angeblich wegen einer Störung im Betriebsablauf. Mir sagte man in Kassel, der Zug würde wegen einer Baustelle umgeleitet. Ich wusste jedoch, dass dies nicht der Grund sein konnte, hatte man mir bei der Übergabe des Zuges doch gesagt, dass es keine Baustelle gebe. Entweder war eine Signalstörung oder eine Schneeverwehung der Grund. Bis Frankfurt hatte ich bereits 100 Minuten und in München 130 Minuten Verspätung. Unser Bistro sowie das Restaurant waren nicht einsatzbereit, es gab nichts mehr zu verkaufen. In Frankfurt waren uns keine Waren geliefert worden, obwohl mein Vorgänger es vorgemeldet hatte. Ich rief nochmals die Transportleitungen in Frankfurt und München an. Doch es fühlte sich niemand zuständig, ich bekam weder Ware noch einen Techniker. Es stellte sich heraus, dass Schneeverwehungen und eine Signalstörung der Grund waren.

Mitte Dezember 2010, es war ein Samstag, hatten mein Betreuer und ich uns vorgenommen, es langsam angehen zu lassen. Daraus wurde jedoch nichts, denn es kam wieder mal ganz anders, als wir es geplant hatten. Bis Karlsruhe fuhr unser ICE ohne besondere Vorkommnisse. Nach einer kleinen Pause mussten wir um 17.00 Uhr einen IC nach Kassel zurückfahren. Wir standen auf dem Bahnsteig und warteten auf diesen Zug, denn er wurde dort bereitgestellt. Wir staunten beide nicht schlecht: Der Zug bestand nicht wie üblich aus acht, sondern lediglich aus fünf Wagen. Wo war der Rest geblieben? Ich fragte den Lokführer, und der antwortete, dass die drei Wagen in Karlsruhe bleiben sollten. Den Grund konnte ich nicht in Erfahrung bringen.

Ich ließ die Ausfahrt vom Fahrdienstleiter zurücknehmen, denn zunächst mussten wir unsere Arbeit erledigen.

Der Zug musste mit Wagenliste und Bremszettel vollkommen neu ausgestattet werden, zudem galt es, alle für eine Fahrt notwendigen betrieblichen Untersuchungen und Tests durchzuführen. Nach gut zwanzig Minuten meldete ich den Zug zur Abfahrt fertig und es konnte endlich losgehen. Wir hofften, ohne weitere Störungen. Bis kurz nach Marburg ging alles gut.

Als wir durch Stadtallendorf fuhren, sahen wir den Regionalexpress nach Kassel dort stehen, auf beiden Seiten mit roten Schlussleuchten. War er dort liegen geblieben? Ich konnte es nicht herausfinden. Hauptsache, wir kamen nach Hause! Der Bahnhof Treysa kam, ich traute meinen Augen nicht: Da standen etwa 120 Reisende aus dem Nahverkehr mit Wochenendticket und NVV- Fahrscheinen. Damit hätten sie nicht im IC fahren dürfen. Doch nachdem wir angehalten hatten, stürmten die Leute unseren Zug. Mein Betreuer und ich wurden einfach an die Seite geschoben. Wir waren sauer auf die Transportleitung in Frankfurt, denn erst als alle Leute eingestiegen waren, erfuhren wir, dass unser IC ab Treysa für den Nahverkehr freigegeben worden war. Wir gaben die 1. Klasse nicht frei, da wir ausreichend Platz in der 2. hatten. Die Reisenden, die schon in der 1. Klasse Platz genommen hatten, waren jedoch nicht zu bewegen, diese Abteile zu verlassen. Einige der Leute, die wir darauf aufmerksam machten, wurden ausfällig und beleidigend. In der Hitze des Gefechts verlangten einige der schimpfenden Reisenden unsere Namen, doch die gaben wir nicht heraus. Ich setzte über diese Vorfälle noch im Zug die Transportleitung Frankfurt in Kenntnis und bat darum, in Zukunft mit Blick auf unsere

Sicherheit auf eine Freigabe zu verzichten. Als wir in Kassel ankamen, war die Bundespolizei auf dem Bahnsteig, sie war von der Transportleitung bestellt worden. Die Reisenden verließen den Zug friedlich, die Polizei musste nicht einschreiten.

In einem Zugbericht informierte ich meinen neuen Vorgesetzten über diesen Vorfall.

Allmählich bekamen wir den Winter zu spüren. Darüber, dass die Bahn, wie ein Mitarbeiter aus Berlin öffentlich behauptet hatte, auf die kalte Jahreszeit vorbereitet war, konnte ich nur lachen. Täglich hatte ich mit dem harten Winter und seinem Schnee zu kämpfen, unsere Züge waren längst nicht mehr das, was sie mal waren, ständig gab es Ausfälle. Weichen wurden nicht rechtzeitig auf den Winter vorbereitet, die Weichenheizungen teilweise nicht rechtzeitig eingeschaltet oder nicht gereinigt. Das erzeugt Verspätungen bis in den Stundenbereich. So auch auf einer Fahrt nach Berlin im ICE 598. Mein Vorgänger hatte mir nicht berichtet, dass wir über Hannover-Messe umgeleitet werden sollten. Dies erfuhr ich von den Reisenden, als ich in Kassel einstieg. Die Ursache für die Umleitung waren starke Schneeverwehungen zwischen Hildesheim und Braunschweig, die Strecke war gesperrt worden. Die Eisenbahngesellschaften verzichteten auf Schneezäune, natürliche »Zäune« wie Bäume oder Sträucher fehlten. Wir erreichten Berlin an diesem Abend mit »nur« 55 Minuten Verspätung, ich hatte mit mehr gerechnet. Auf die Pause verzichteten wir und fuhren sofort wieder mit dem ICE 697 zurück. Natürlich im guten Glauben, auf dem direkten Weg über

Wolfsburg, Braunschweig und Göttingen nach Kassel zu kommen. Dem war aber nicht so. Unterwegs wurde uns mitgeteilt, dass wir ab Wolfsburg direkt Hannover- Hauptbahnhof anfahren sollten. Ich wusste, dass wir auch Reisende nach Frankfurt/Main im Zug hatten, deshalb entschied ich, sie in Hannover umsteigen zu lassen, da sie dort Anschluss zum ICE nach Wiesbaden hatten. Wartezeit war in Hannover besser zu überstehen als in Kassel-Wilhelmshöhe, denn dort gibt es keine beheizten Warteräume. Mein ICE machte in Hannover-Hauptbahnhof noch eine Fahrtrichtungsänderung. Nachdem der Lokführer auf dem anderen Triebkopf saß, rief er mich an: Es gebe Probleme mit dem Triebkopf, er müsse den gesamten Zug abrüsten, also alle Systeme abschalten. Nach kurzer Zeit war das Problem behoben, nach dem Wiedereinschalten des Triebkopfes hätten wir eigentlich weiterfahren können. Von der Transportleitung Hannover bekamen wir jedoch noch einen Umleitungsauftrag über die Altbaustrecke, und die führt über Elze, Kreiensen, Northeim, Göttingen. Der Grund für die Umleitung war ein auf der Schnellfahrstrecke liegen gebliebener Güterzug. So kamen wir erst eine Stunde später in Kassel-Wilhelmshöhe an. Mein Betreuer und ich stellten Reisenden, die in weiter entfernte Orte rund um Kassel gebracht werden mussten, noch ein paar Taxigutscheine aus, dann hatten auch wir Feierabend.

Die folgenden Tage bis Weihnachten waren nicht besser, eher schlimmer, weitere Zugverspätungen und Ausfälle folgten, die Presse berichtete täglich darüber. Es gab fast keinen Zug mehr, der nicht eine Unregelmäßigkeit aufwies.

So auch einen Tag später, am 23. Dezember, auf der Fahrt nach München. Mit diesem ICE hatte ich bei der Ankunft nur wenige Minuten Verspätung. So konnten mein Team und ich in aller Ruhe zur Mittagspause gehen. Während wir beim Essen saßen, meldete sich die Transportleitung München und teilte mir mit, dass der ICE 586 nur mit dem Bremer Zugteil abfahren würde. Ich fragte nach dem Grund. Die Antwort: »Der Fernverkehr benötigt einen Ersatzzug, deshalb bleibt der Hamburger Zugteil in München!« Ich musste mich wohl oder übel damit abfinden.

Ich entschied, frühzeitig auf den Bahnsteig zu gehen. Die Anzeigetafel informierte darüber, dass nur ein Teil des Zuges fahren würde, auch über den Lautsprecher kam dieser Hinweis. Am Bahnsteig warteten die Massen bereits, schon überrollte mich eine Lawine an Fragen: Wo ist der zweite Teil nach Hamburg? Wo sind unsere reservierten Plätze? Die Leute stürmten in den ICE. Ich war machtlos. Das zweite Zug-Team unterstützte uns so gut es ging. Ein ICE 2 hat in der 1. Klasse 105 und in der 2. Klasse 263 Plätze, wenn man nur mit einem Teil fahren kann, ist der Zug schnell belegt. Wir fuhren mit etwa 50 Prozent Überbelegung ab. Unser erster Halt war Augsburg. Dort informierte ich die Transportleitung in München darüber, dass wir inzwischen mit zirka 190 Prozent, also 726 Fahrgästen, unterwegs seien und in den Bahnhöfen Nürnberg, Würzburg und Fulda keine weiteren Reisenden aufnehmen könnten. Zudem fuhren wir lediglich mit einer Höchstgeschwindigkeit von 160 Stundenkilometern. Wir erreichten Nürnberg. Ich vermutete, dort wäre der Bahnsteig gesperrt worden, dem war jedoch nicht so. Neue Reisende stürmten unseren Zug. Wer aussteigen wollte, kam kaum hinaus. Gemeinsam mit meinem ersten Betreuer, der auch Zugführer war, schaute ich mir die Drehgestelle an, wir stellten schnell fest, dass wir total überladen waren, denn der gesamte Wagenaufbau lag auf dem Drehgestell auf, was nicht zulässig war. Dies meldete ich an die Transportleitung nach München und kündigte an, dass ich nicht mehr weiterfahren würde, bis etwa 80–100 Reisende aussteigen würden. Die Antwort konnte ich nicht recht glauben: Es sei meine Entscheidung … Nach kurzer Zeit kamen vier Mann vom Sicherheitsdienst, sie schauten sich jedoch lediglich um, eine echte Hilfe waren sie nicht. Mittlerweile waren etwa hundert Reisende wieder gegangen. Der Bahnhof Nürnberg hatte durchgegeben: »Wer aussteigt, bekommt 25 Euro am Schalter bar ausgezahlt!« Wir konnten mit 35 Minuten Verspätung abfahren.

Ich war gespannt, wie die Lage in Würzburg sein würde. Dort angekommen bot sich ein ähnliches Bild wie zuvor: Als sich Türen öffneten, stürzten die Reisenden herein. Ich fuhr wieder nicht ab, weil wir überladen waren. Die Ansage, dass 25 Euro als Entschädigung gezahlt würden, wirkte wie ein Wunder. Ein ganzer Teil Reisender stieg aus, und wir konnten mit weiteren 30 Minuten Verspätung weiterfahren. In Fulda standen nicht so viele Fahrgäste auf dem Bahnsteig, die konnten wir mitnehmen. Bei der Ankunft in Kassel hatten wir eine Gesamtverspätung von 65 Minuten. Mein Team und ich stiegen aus. Ich machte noch meine Übergabe und wünschte den Kollegen, die weiter nach Bremen fuhren, ein frohes Fest und alles Gute für 2011.

Wer einen Tag vor Heiligabend veranlasst hatte, einen Zugteil nicht einzusetzen, hätte auf der Stelle in den Zugbegleitdienst versetzt werden müssen, um sich das Malheur anzuschauen. Zugbegleiter müssen stets den Kopf hinhalten, Ruhe bewahren und weiter Kaffee verkaufen.

An Heiligabend musste ich bereits um 6.17 Uhr anfangen, um mit dem ersten ICE 697 nach Berlin zu fahren. Da es eine vergleichsweise kurze Reise von nur knapp sieben Stunden sein würde, freute ich mich darauf, am späten Nachmittag bei meiner Familie zu sein. Wir fuhren pünktlich in Kassel ab. Unterwegs war in Göttingen, Hildesheim und Braunschweig alles ruhig. Nur wenige Reisende waren an diesem Morgen unterwegs. Auch den Bahnhof Wolfsburg erreichten wir fahrplanmäßig, lediglich auf einem anderen Gleis als sonst. Wir warteten auf die Ausfahrt. Nach etwa 30 Minuten machte ich einen Versuch, jemanden zu erreichen, der mir eine Information über den Stand der Dinge geben konnte, doch das klappte nicht. Bei den Transportleitungen Hannover sowie auch in Berlin war dauernd besetzt, es wollte wohl niemand mit mir reden … Nach weiteren 60 Minuten tat sich immer noch nichts. Ich hatte inzwischen die Freigabe von Getränken veranlasst. Ich konnte jedoch meinen Reisenden nicht sagen, woran es lag, dass wir nicht weiterfuhren. Endlich, nach 165 Minuten, ging bei einem erneuten verzweifelten Anruf bei der Transportleitung in Hannover jemand ans Telefon. »Was ist los?«, fragte ich ungeduldig. Der Hannoveraner wusste jedoch auch nichts und fragte verwundert, ob ich denn noch immer in Wolfsburg stehen würde. »Das ist richtig!« antwortete ich.

Er wollte die zentrale Transportleitung in Frankfurt/Main einschalten und sich wieder bei mir melden. Dabei blieb es jedoch, ich hörte nichts mehr von ihm. Nach einer Standzeit von 208 Minuten meldete sich mein Lokführer mit der erlösenden Nachricht, dass die Ausfahrt nun frei sei. Wieso plötzlich die Zustimmung des Fahrdienstleiters da war, ist mir bis heute ein Rätsel. Unser ICE verließ den Bahnhof in Wolfsburg um 11.30 Uhr. Planmäßig sollte ich in Berlin um 9.37 Uhr ankommen, wir erreichten den dortigen Hauptbahnhof erst um 13.05 Uhr. Ich war erstaunt, dass sich plötzlich auch die Transportleitung in Berlin meldete, um uns mitzuteilen, dass der ICE 277 nach Interlaken-Ost, den ich zurück bis Kassel fahren sollte, schon planmäßig den Bahnhof Berlin-Ost verlassen hätte und wir alle, auch der Lokführer, ohne Dienst nach Kassel zurückfahren könnten. Da kam für uns nur der ICE 691 infrage, seine Abfahrt war um 13.21 Uhr. Auch daraus wurde nichts, weil dieser Zug erst 50 Minuten später bereitgestellt werden sollte. Und so verließen wir Berlin um 14.45 Uhr.

Meine Familie wartete schon sehnsüchtig auf mich. Dreimal hatte mein Enkelkind nach seinem Opa gefragt. Der war dann endlich um 18.45 Uhr in Kassel. Ich hatte eine schöne Bescherung erlebt: Berlin hin und zurück in 12 Stunden! In den folgenden Tagen ließ das Chaos allmählich nach, auf den Bahnhöfen wurde es ruhiger – und unsere Arbeit auch.

Auch die ersten beiden Wochen im Januar 2011 waren noch ruhig. Neues Ungemach kam in der dritten

Woche, auf einer Fahrt mit dem ICE 876 nach Berlin. Zwischen Braunschweig und Wolfsburg war an einem Bahnübergang ein Unfall passiert. Die erste Mitteilung an mich lautete: »Liegen gebliebener Pkw.« Die zweite Meldung: »Einsatz der Bundespolizei für den Unfall!« Zuletzt kam die Meldung: »Auch Polizeihubschrauber im Einsatz, um die Person aus dem Auto zu finden!« Unsere Verspätung wuchs von zunächst 15 Minuten auf 30, dann auf 60, zum Schluss waren es 120 Minuten. So lange standen wir in Braunschweig am Bahnsteig. Dementsprechend spät kamen wir in Berlin an. Die Ablösung sollte laut Transportleitung wegen der Verspätung in Berlin-Spandau stattfinden. So erreichten meine Betreuer und ich unseren planmäßigen ICE, den wir zurück nach Kassel bringen mussten. Die gleiche Leistung hatte ich noch einmal, es war der erste ICE von Kassel nach Berlin. Kurz vor Braunschweig bekam ich eine Meldung über einen Personenunfall in Fallersleben, daher kam es zu einer Streckensperrung mit Umleitung über Magdeburg. Das hieß für mich: kein Halt in Wolfsburg und Berlin-Spandau und eine Stunde später in Berlin. So sagte ich es im Zug an. Daraufhin stiegen die Fahrgäste für Wolfsburg in Braunschweig aus.

Auf dem Bahnsteig in Braunschweig bemerkte ich zu meinem Erstaunen, dass ich schon die Ausfahrt hatte und gleich weiterfahren konnte. Während ich durch den Zug lief, unterhielt ich mich mit Stammgästen über die vergangenen beiden Tage. Immer wenn ich Dienst hätte, scherzten sie, sei die Strecke dicht, als ob ich das Unheil anziehen würde. Ich entgegnete: »Man muss eben immer etwas Neues bieten, um im Geschäft zu bleiben!« Alle lachten. Bei einem Blick nach draußen erschrak ich: Wir waren kurz vor Wolfsburg! Ich fragte meinen Lokführer, was los sei. »War nichts mit Umleitung, wir fahren die normale Strecke, hast du keine SMS bekommen?« »Nein!«, schimpfte ich. Sofort sagte ich Wolfsburg als Haltebahnhof an und ergänzte, dass wir wie gewohnt in Berlin-Spandau halten würden und keine Verspätung hätten. Weshalb die Umleitung wieder zurückgenommen worden war, ist mir nicht mitgeteilt worden. Ich hatte in all den Jahren gelernt, mit Falschmeldungen zu leben. Doch mir taten die Fahrgäste leid, die nach Wolfsburg wollten und nun schon in Braunschweig ausgestiegen waren.

Drei Tage später war mein Dienstbeginn um 7.00 Uhr. Ich sollte nach München fahren. Während ich mich vorbereitete, klingelte mein Handy, die Transportleitung in Frankfurt/Main war dran, sie bat uns, in Kassel für den ICE 581 nach München Brötchen zu kaufen, da der Zug unterwegs in Hannover keine bekommen hätte. Ich fragte nach, wie viele es denn sein sollen. 25 Stück, lautete die Antwort. Ich fragte nach, ob das alles sei oder ob noch etwas gewünscht werde. Es war alles. Nun war ich also auch noch Brötchen-Einkäufer für die Speisewagen …

Einige Tage später, auf der Rückfahrt von München nach Kassel, war ich mit dem ICE 586 gerade zwischen Nürnberg und Würzburg hinter dem Bahnhof Emskirchen, als wir zum Stehen kamen. Nach kurzer Zeit fragte ich meinen Lokführer, was los war. Er hatte ein rotes Signal und wüsste nicht, warum. Ich fragte in München an. Ein schwerer Schotterzug war mit Bremsstörung liegen geblieben. Es hieß, dass es dauern würde … Nach einer halben Stunde wurde ich auf meinem Handy angerufen: Wenn es möglich wäre, sollten wir zurück nach Emskirchen und im Gleiswechselbetrieb am liegen geblieben Schotterzug vorbei in Richtung Neukirchen/Eich und weiter nach Würzburg fahren. Ich müsste aber mit einer Gesamtdauer von 80 bis 90 Minuten rechnen. Warum wurde keine Ersatz-Lok geschickt, die den Schotterzug abschleppte?

Wir fuhren zurück, konnten umsetzen und gelangten am Schotterzug vorbei nach Würzburg. Meine Ansagen wegen dieser Unregelmäßigkeit nahmen die Fahrgäste im ICE mit Gelassenheit, sie bekamen Freigetränke und Gutscheine, das mag sie besänftigt haben. Viel Zeit konnten wir nicht mehr gut machen und so kamen wir etwa 80 Minuten später in Kassel an.

Am anderen Tag bot am frühen Morgen der ICE 876 eine Überraschung: Als das Servicepersonal den Wagen 8 aufrüstete und die Küchengeräte einschaltete, schoss eine Flamme aus einem Backofen. Wir schalteten die dafür vorgesehene Sicherung aus und warteten, was geschehen würde. Das Gerät gab zum Glück Ruhe. Es hatte wohl einen Kurzschluss gegeben. Ich meldete den Schaden nach Berlin, im guten Glauben, dass der Zug dort ins Instandsetzungswerk kommen würde. Nach der Ankunft in Berlin schickte ich den Zug nach Rommelsburg zum Abstellbahnhof. Doch nach unserer Pause bekamen wir denselben ICE wieder zur Rückfahrt nach

Interlaken-Ost bereitgestellt. Immerhin war ein Vermerk angebracht worden: »Bitte nicht einschalten und Sicherung ausgeschaltet lassen!« Der Zug war zudem nicht gereinigt worden. Mir fehlten die Worte …

An einem Samstag im Januar 2011 fuhr ich von Kassel aus den ICE 1081 nach München. Er bestand aus zwei aneinandergekoppelten ICEs. Beide Teile waren mit Fußballfans für das Spiel Bayern München gegen Hoffenheim besetzt. Ich war überrascht, dass es keinen Ärger gab. Stattdessen waren die Fans in ihre Diskussion über den bevorstehenden Spielverlauf beschäftigt, tranken zunächst ihr mitgebrachtes Bier und dann das aus dem Bistro aus. Ein paar Raucher waren unter ihnen, die begriffen schnell, dass ich als Zugführer unnachgiebig in Sachen Pünktlichkeit war und notfalls auch die Raucher auf den Bahnsteigen stehen lassen würde. So kamen wir gut bis München-Pasing.

Als wir weiterfahren wollten, bat ich meine Betreuerin, die Türen zu schließen, wenn ich gepfiffen hätte, was sie auch prompt tat. Der hintere Teil meldete fertig, die beiden Kollegen stiegen sofort ein und schlossen hinter sich die Tür. Meine Kollegin schaute nach beiden Seiten, meldete mir fertig und ich bediente den *Abfahrauftrag ZP 9* am Strommast. Da geschah etwas, was ich bis dahin noch nicht erlebt hatte: Meine Kollegin, die mit mir draußen stand, schloss die Türe, wo wir beide eigentlich einsteigen wollten.

Ich reagierte geistesgegenwärtig, lief zum Mast und drückte die Taste *ZP 9 löschen*. Gott sei Dank war der Lokführer noch nicht angefahren. Ich ging nach vorn und bat ihn, er möge bitte noch einmal die Türen freigeben, sodass wir einsteigen konnten. Er rief mir noch zu, dass er mich schon zweimal vergeblich gerufen hätte. Ich pfiff erneut und betätigte noch einmal mit meinem Vierkant die Türzentralverriegelung, dann fuhren wir weiter bis zum Münchner Hauptbahnhof. Auf dem kurzen Weg dorthin fragte ich meine Betreuerin, was sie sich bei der Aktion gedacht hätte. Sie sagte achselzuckend: »Alle Türen waren ja zu, also schloss ich auch diese Tür.« Dass ich und sie zu diesem Zeitpunkt noch draußen waren, hatte sie nicht bemerkt. Wir lachten beide darüber. Einen Vorwurf machte ich ihr nicht, so etwas kann vorkommen, und schließlich war es noch mal gut gegangen. Auch die Transportleitung München hatte sich nicht wegen der zwei Minuten Verspätung gemeldet.

Eine »Flut« überraschte uns auf der Fahrt im ICE zwischen Nürnberg und Passau. Der Wagenmeister war gerade bei mir im Zugteil ausgestiegen und zum vorderen Zugteil gegangen, als ein Reisender die WC-Anlage am Dienstabteil benutzte. Da bekamen meine Betreuerin und ich nasse Füße. Wir fragten uns, woher das Wasser kam. Ich öffnete die WC-Tür: Das WC-Becken war randvoll, die Spülung lief weiter. Ich rief in Frankfurt bei der Bereitstellungszentrale für Fahrzeuge an, der Kollege notierte sich den Schaden und schickte den Wagenmeister vom vorderen in den hinteren Zugteil. In Regensburg stieg er zu uns um und schloss den Abstellhahn. Der befindet sich im ICE 3 hinter der Deckenverkleidung in der Toilette, und zwar dort, wo man ihn nicht vermutet, weil er nicht gekennzeichnet ist. Der Wagenmeister half uns

noch, das Wasser im WC zu beseitigen, und erklärte uns den Grund für das Überlaufen: Das Schließventil am Wassertank klemmte und schloss deshalb nicht mehr.
Wir trockneten den Teppich auf dem Gang, so gut es ging, mit Unmengen von Papierhandtüchern. Bei dieser Arbeit fotografierte mich meine Betreuerin, was sie mir allerdings erst später verriet. Auf den Schreck tranken wir einen Kaffee. Auf der Rückfahrt sah man bereits nichts mehr von dem Schaden.

Nach mehr als 45 Jahren kam ich endlich in den Genuss, einen Streik mitzuerleben. Ab Mitte Februar 2011 streikte die Gewerkschaft der Lokführer einmal pro Woche, mich sollte es Anfang März 2011 treffen. Ich hatte den ersten ICE nach Berlin um 6.17 Uhr, der Streik war für diesen Tag von 8.30 Uhr bis 11.30 Uhr angekündigt. Ich hatte mir ausgerechnet, dass ich mit unserem ICE zu dem Zeitpunkt etwa auf der Höhe von Stendal sein würde. Aber so weit war es noch nicht. Bei Dienstbeginn um 6.17 Uhr machte ich meine Kollegen auf diesen besonderen Tag aufmerksam. Wir besprachen mit dem Lokführer, was wir tun wollten, wenn die Zeit für den Streik gekommen sein würde. Ich gestand ihm, dass ich nichts dagegen hätte, wenn er bis Berlin durchfahren würde. Ich würde mir eine Notlüge einfallen lassen, falls es Schwierigkeiten geben sollte. Wir waren uns schnell einig, die Fahrt begann um 6.43 Uhr. Bis Wolfsburg lief es gut. Ab da mussten wir mit Zwischenfällen durch streikende Lokführer rechnen, ich hoffte, dass wir ohne Unterbrechung nach Berlin kommen würden.
Das war dann auch so. Wir erreichten Berlin-Spandau

planmäßig, die Hinfahrt war schon mal geschafft. Die Rückfahrt sollte nicht so leicht werden, denn die Bereitstellung des ICE nach Interlaken-Ost verzögerte sich um 50 Minuten, sodass wir Berlin statt wie geplant um 10.20 Uhr erst um 11.10 Uhr verlassen konnten. Wir Zugbegleiter nahmen es gelassen, weil wir wussten, was los war. Während der Rückfahrt wies ich die Reisenden immer wieder darauf hin, dass auch der Nahverkehr vom Streik betroffen sei, sie mögen bitte auf die Lautsprecheransagen auf den Bahnhöfen achten.

So erreichten wir an diesem Tag trotz aller Unregelmäßigkeiten Kassel lediglich mit einer Verspätung von 60 Minuten. Das war schon alles, was ich von dem Streik mitbekam. Die Eisenbahner in Deutschland müssen das Streiken offenbar noch lernen, in Ländern wie Frankreich und Italien funktioniert es besser, es dauert länger und hat mehr Erfolg.

Im April 2011, bei einer Fahrt nach Berlin, erzählte mir eine meiner Betreuerinnen, dass eine Reisende im Zug mit sich selbst spreche, was ihr merkwürdig vorkam. Auf meine Frage, wo sich die Reisende aufhalte, erfuhr ich, dass sie im vorderen Teil des Zuges saß. Meine Betreuerin ergänzte noch, dass die Reisende einen verwirrten Eindruck mache und verwahrlost aussehe, sie rede von Vergewaltigung und Schlägen, die sie von ihrem Vater und Großvater bekommen hätte, auch ihr Bruder habe angeblich etwas mit ihr vor.

In dem Abteil angekommen fragte ich die Frau, ob ich ihr helfen könne. Sie sagte, es gehe ihr gut, doch sie erzählte auch mir die Geschichten, die schon fast jeder im Zug kannte. Ich verständigte die Bundespolizei und bat darum, die Frau in Berlin-Spandau abzuholen. Ich befürchtete, dass sie sich selbst etwas antun würde, deshalb schlug ich vor, sie einem Arzt vorzuführen. In Berlin übergaben wir sie der Bundespolizei, anders hätten wir ihr wohl nicht helfen können.

An einem Mittwoch im April 2011 fuhr ich mal wieder laut Dienstplan auf meiner Hausstrecke nach Karlsruhe über Marburg, Gießen und Frankfurt/Main und den gleichen Weg wieder zurück. Es sollte für mich ein gewinnbringender Tag werden. Auf der Hinfahrt befanden sich sieben Studenten im Zug, deren Fahrscheine schon einige Tage abgelaufen waren. Als ich dies bemerkte, hatten sie die tollsten Ausreden parat. Doch es half nichts, sie mussten zahlen, was sie ohne zu Murren auch taten. Die abgelaufenen Fahrscheine zog ich ein, um weiteren Missbrauch zu vermeiden. Auf der Rückfahrt ertappte ich drei Studenten, meine Kollegin fünf ohne gültigen Fahrschein. Einer von ihnen wollte besonders schlau sein: Er gab an, er wolle in Friedberg aussteigen. Da wir uns kurz vor dieser Haltestelle befanden, willigte meine Kollegin ein und verlangte keine Nachlösung von ihm. In Friedberg beobachteten wir, dass er im Zug blieb. Nach der Abfahrt stellten wir ihn zur Rede. Er gab an, er hätte es sich anders überlegt und wolle den regulären Fahrpreis nachzahlen. Ich machte ihm klar: »Das ist jetzt zu spät, sie zahlen eine Nachlösung nach Eisenbahnverkehrsordnung!« Ich gab ihm auch noch einen Auszug aus dem Strafgesetzbuch über den »Verdacht der Leistungserschleichung im Zuge«. Bevor er etwas sagen konnte, waren die im Zug mitfahrenden Polizeibeamten da, die die Sache mitbekommen hatten, sie nahmen sich seiner an. Meine Kollegin stellte nur noch die Nachlösung aus, in Gießen stieg der Student mit der Polizei aus.

An einem Samstag im April 2011 begab ich mich auf die Heimfahrt von München. Ich rechnete nicht mit einer Unregelmäßigkeit. Wir kamen aus der Kantine, das Aufrüsten war erledigt, ich hatte die Einteilung der Mitarbeiter abgeschlossen. Der ICE 786 setzte sich um 14.20 Uhr in Bewegung. Unser Endbahnhof war Hamburg. Als ich mit der ersten Kontrolle kurz vor Ingolstadt fertig war, klingelte mein Handy, die Transportleitung München verband mich mit der Bundespolizeiwache am Münchner Hauptbahnhof. Ein Polizeibeamter fragte, ob wir einen Reisenden im Zug hätten, der einen schwarzen Hartschalenkoffer vermisst. Falls ja, sollte ich mich sofort wieder melden. Wenn nicht, müsste im Münchner Hauptbahnhof Bombenalarm ausgelöst werden.

Nach meiner Durchsage im Zug meldete sich ein Däne, einen Dolmetscher brachte er gleich mit. Meine Frage, ob er einen Koffer vermisse, bejahte er und beschrieb mir den Koffer auch. Daraufhin rief ich wieder in München bei der Bundespolizei an und teilte mit, dass der Eigentümer gefunden sei. Ich fragte, wie der Däne seinen Koffer wiederbekommen würde. Als Antwort bekam ich, dass der Koffer mit dem nächsten ICE nach Nürnberg gebracht und auch die Bundespolizeiwache dort verständigt werde. Der Besitzer müsse noch den Inhalt des Koffers bekannt geben, um sicherzugehen, dass der Koffer sein Eigentum sei. Ich teilte ihm das mit, machte ihm auch klar, dass er in Nürnberg aussteigen müsse und seine Reise mit dem nächsten ICE fortsetzen könne. Er war einverstanden und froh, dass wir ihm seinen Koffer wiederbeschafft hatten.

Während meiner Jahre als Zugbegleiter und Zug-Chef hatten ich und meine Betreuer drei Beinah-Geburten im Zug. Es kam aber nicht dazu, weil wir noch rechtzeitig den Rettungswagen holen konnten. Einer der Neugeborenen war ein Junge, die Eltern wünschten sich, dass er meinen Vornamen *Klaus* bekommt. Ich stimmte zu.

Das Repertoire von Bahnreisenden an Fragen ist unerschöpflich. Meine Kollegen und ich mussten uns fast täglich neue Fragen anhören und die passende Antwort finden. Da ich nicht auf den Mund gefallen bin, fiel mir das nicht schwer. Entweder blieb ich sachlich und der Reisende bekam die entsprechende Antwort. War die Frage etwas diffus, gab ich gern mal eine witzige Antwort. Bevor ich ironisch antwortete, schaute ich mir den Reisenden allerdings genau an, um ihn nicht auf dem falschen Fuß zu erwischen.

Wir stehen am Bahnhof München und fahren Richtung Hamburg, es sind noch vier Minuten Zeit bis zur Abfahrt. Da kommt ein Reisender an den Zug gerannt und fragt: »Hamburg?«
Ich antworte: »Nein, München!«
Das geht zwei bis drei Mal hin und her.
Endlich kommt eine klare Frage: »Ist das der ICE nach Hamburg?«
»Ja«, antworte ich freundlich.

Eine Frage, die immer wieder gerne auf Bahnhöfen gestellt wurde: »Wie lange hält der Zug?«
»Bei guter Pflege noch 20 Jahre«.
Sehr gern wurde auch gefragt: »Geht der Zug nach Hannover?«
Dann bückte ich mich, schaute auf die Räder und sagte: » Nein!«
Auf die Nachfrage »Warum nicht?« antwortete ich »Weil wir Räder haben und keine Füße …«

Am Bahnsteig in Hannover stand eine junge Mutter mit Kinderwagen am Wagen 9, es war kein Kollege in ihrer Nähe, der ihr hätte helfen können, ich befand mich auf der Höhe von Wagen 7. Sie rief mir zu: »Fassen Sie doch mal dran.« Ich antwortete: »Sie müssen mir nur sagen, wo …« Ich vermutete, sie würde meinen Scherz verstehen, doch sie schnappte mit hochrotem Kopf ihren *Sulky* und lud ihn eigenhändig in den Zug. Als ich dann im Zug bei ihr war, lachte sie doch, sie hatte meinen Witz wohl verstanden.

Ein Reisender fragte mich in Kassel mal: »Wann fährt der letzte Zug nach Frankfurt?«
Ich sagte: »Das werden wir beide nicht mehr erleben.«
»Sie sind ein Witzbold, behalten Sie Ihren Humor!«

Mitte April 2011 war ich mit einer Kollegin von Frankfurt auf der Rückfahrt nach Kassel unterwegs. Ich war mit der Fahrkartenkontrolle in meinen Wagen fertig, als meine Kollegin mir berichtete, dass sie einen Fahrgast mit einer abgelaufenen Fahrkarte angetroffen hätte, der nicht zahlen wolle. Sie hätte sich mit ihm geeinigt, dass er in Friedberg aussteigt. Nachdem wir im Bahnhof Friedberg eingetroffen waren, schauten wir, ob der Mann aussteigt. Das war nicht der Fall. Nach der Abfahrt stellten wir ihn zur Rede. Er begann, mit uns zu diskutieren. Wir baten um seine Personalien, um eine Fahrpreisnacherhebung auszustellen. Das lehnte er ab. Während wir noch mit ihm redeten, schalteten sich Polizeibeamte ein, die im Zug waren, sie baten den Herrn nach vorn auf die Plattform. Sie machten ihm klar, dass er sich falsch verhalten und eine Straftat begangen hatte. Eine junge Frau, wahrscheinlich seine Freundin, verfolgte die Sache, sie bekam auch mit, dass sich der junge Mann einen heftigen Wortwechsel mit der Polizei lieferte. In Gießen musste er aussteigen.

Etwa drei Wochen später landete wegen dieses Vorfalls eine Beschwerde in meiner Dienststelle. Ein Vorgesetzter zitierte mich zu sich. Ich überflog das Beschwerdeschreiben. Die Angaben waren übertrieben und entsprachen nicht der Wahrheit. Ich beteuerte, dass meine Mitarbeiterin und ich richtig gehandelt hätten, außerdem habe die Bundespolizei den Fall übernommen, damit sei die Sache für uns erledigt gewesen. Das Gespräch mit meinem Vorgesetzten schaukelte sich zu einem Streit hoch, wir wurden beide etwas lauter, andere Mitarbeiter bekamen die Auseinandersetzung mit. Ich regte mich so sehr darüber auf, dass mein Vorgesetzter nicht mir, sondern dem Fahrgast glaubte und mir falsches Verhalten unterstellte. Ich sollte dazu eine Stellungnahme abgeben, ich weigerte mich und ging mit den Worten: »Schreiben Sie doch, was Sie wollen!«

Im Mai 2011 machte ich Urlaub. Kaum hatte ich wieder zu arbeiten begonnen, musste ich zu einem meiner Vorgesetzten kommen. Es ging wie vier Wochen zuvor wieder um den Beschwerdebrief. Daraufhin gab ich eine kurze Stellungnahme ab. Ich erfuhr, dass wegen meines angeblichen Fehlverhaltens gegen mich eine Abmahnung aus Frankfurt vorliegt, die er mir in Anwesenheit der Personalsachbearbeiterin und des Betriebsrates vorlesen müsse. Ein paar Tage später trafen wir uns dazu im Büro, mir wurde die Abmahnung vorgelesen, die ich unterschreiben sollte. Ich war mit der Auflistung der Vorwürfe gegen mich nicht einverstanden, hatte ich mir doch nichts zuschulden kommen lassen. Der Vorgesetzte, dem ich damals gesagt hatte, er solle schreiben, was er wolle, hatte übertrieben und meine Äußerungen ihm gegenüber nicht wahrheitsgemäß weitergegeben. Meine Aussage in dieser Angelegenheit wurde von allen an diesem Gespräch Beteiligten zur Kenntnis genommen. Da im Text der Abmahnung nichts zu meinen Gunsten geändert wurde, verweigerte ich die Unterschrift und schrieb lediglich »zur Kenntnis genommen« mit Datum und Uhrzeit. Die Angelegenheit regte mich derart auf – schließlich war ich völlig unschuldig und hatte noch dazu im Interesse des Konzerns gehandelt –, dass ich einen Nervenzusammenbruch erlitt. Ich ging zum Arzt, der mich krankschrieb.

Das Maß war noch nicht voll. Bei einer Fahrt nach Basel hatte ich überraschend Mitarbeiterinnen des Eisenbahn-Bundesamtes, der höchsten Aufsichtsbehörde für den Eisenbahnverkehr, im Zug. Sie befragten mich zum

Fahrgastrecht und über Züge, die zu mehr als 200 Prozent überbesetzt waren, um in Erfahrung zu bringen, ob ich meine Rechte und Pflichten als Zugführer kenne und richtige Entscheidungen treffe. Ich beantwortete alle Fragen, die Mitarbeiter vom Bundesamt machten sich Notizen, danach verabschiedeten sie sich. Ich sagte mir, dass eine solche Befragung jeden anderen Zugführer hätte treffen können, der wohl ähnliche Antworten wie ich gegeben hätte.

In meinem neuen Einsatzplan stand, dass ich erst wieder Mitte Juni 2011 arbeiten müsste. So weit kam es nicht, denn das Eisenbahn-Bundesamt warf mir in einer schriftlichen Mitteilung an meine Dienststelle vor, ich hätte gegen mehrere Paragraphen und gegen das Eisenbahn- und Fahrgastrecht verstoßen. Ich musste pausieren. Einer meiner Vorgesetzten rief mich zu Hause an und beorderte mich zur Nachschulung auf die Dienststelle. Am Unterrichtsraum wurde ich von zwei Vorgesetzten und dem Betriebsrat in Empfang genommen, gemeinsam gingen wir zur Personalabteilung. Ein Vorgesetzter erklärte mir, dass er für mich eine Fürsorgepflicht hätte und er mich wegen der Vorfälle nach Frankfurt zur psychologischen Entwicklungsuntersuchung schicken müsse. Ich war erstaunt und fragte: »Was soll das?« Ohne das Ergebnis aus Frankfurt, war die Antwort, dürfe ich nicht mehr als Zugführer eingesetzt werden, bis zur Begutachtung sei ich von meiner Arbeit freigestellt.

Ich fuhr Anfang Juli 2011 nach Frankfurt zum Medizinischen Dienst der DB-AG. Dort musste ich einige Tests über mich ergehen lassen, die wir Eisenbahner »Idiotentest« nannten. Nach dreieinhalb Stunden stand fest, dass ich voll tauglich war. Somit konnte ich wieder als Zugführer fahren. Doch nach einigen Wochen musste ich zu einem weiteren Test nach Frankfurt. Nach der für mich wieder positiven Bewertung des psychologischen Dienstes vermutete ich, dass alles geklärt sei. Mein Vorgesetzter erklärte mir hingegen, ich müsse noch verkehrliche und betriebliche Nachschulungen für das laufende Jahr absolvieren, dies könne jedoch dauern, weil kein Ausbildungszugführer zur Verfügung stünde.

Ich nahm mir vor, mich in Zukunft strikt an die Richtlinien des Konzerns zu halten, ohne nach rechts und links zu schauen, um nirgendwo mehr anzuecken. Dadurch blieb freilich mein Engagement für meine Kunden auf der Strecke. Manchmal musste man menschlich und eben nicht paragraphengetreu handeln, das hatte ich auch den Mitarbeiterinnen des Eisenbahn-Bundesamtes klarmachen wollen.

Zwischenzeitlich besuchte ich verschiedene Ärzte, um eine fünfzigprozentige Schwerbehinderung vom Versorgungsamt bestätigt zu bekommen und früher in Rente gehen zu können. Mein gesundheitlicher Zustand hatte sich inzwischen sehr verschlechtert, der Stress der vergangenen Monate hatte wohl auch dazu beigetragen.
Am 28. Dezember 2011 kam der erlösende Bescheid, dass ich in Rente gehen kann. Bei 50 Prozent Schwerbehinderung war das mit 60 Jahren möglich, ich war gerade 61 geworden. Ich stellte meinen Antrag zum 1. März 2012. Das teilte ich meinem Arbeitgeber mit. Da-

raufhin entfielen alle vorgesehenen Schulungen. Da ein dienstplanmäßiger Einsatz bis zum Rentenbeginn nicht möglich war, wurde ich bis dahin freigestellt.

Am 1. März 2012 wurde ich vom Konzern nach 46 Dienstjahren verabschiedet. Die Prozedur, die im Personalbüro im Beisein eines Vorgesetzten und der Personalreferentin stattfand, dauerte gerade mal zwanzig Minuten. Ich bekam ein Dankesschreiben sowie einen »Eisenbahnatlas Europa« überreicht. Eine vom Unternehmen geplante Abschiedsfeier hatte ich abgelehnt, weil nicht gewährleistet war, dass meine langjährigen Kollegen und Kolleginnen anwesend sein würden. Für sie gab ich am 10. März bei mir zu Hause eine Abschiedsfeier. 17 von 25 eingeladenen Zugbegleitern kamen. Diese Feier war für mich sehr bewegend und ein gelungener Abschied!

Als ich Rentner war, dachte ich unter anderem darüber nach, wie viele Kilometer ich während meiner 39 Jahre als Zugbegleiter wohl gefahren bin. Bei einer Tagesleistung von durchschnittlich etwa 560 Kilometern bin ich auf 5 787 600 Kilometer gekommen (meine Rechnung: 265 Tage im Jahr x 560 km = 148.400 km x 39 Jahre = 5.787.600 Kilometer).

Ich genieße nun mein Rentnerdasein. Im Zug fahre ich nur noch als Reisender.